Keşke Ben Uyurken Gitseydin...

French Oje

okuyanus

okuyan**us**

Dizüstü Edebiyat - 21

Keşke Ben Uyurken Gitseydin...
Hayalleriyle Gerçekler Farklıydı. İyi ki...
French Oje

ISBN: 978-605-5134-15-0
Yayıncı Sertifika No. 16208

I. Baskı: İstanbul, Haziran 2013

Yayın Yönetmeni: Cem Mumcu
Yayın Koordinatörü: Kemal Kırar
Redaktör: Kemal Kırar

Dizi ve Kapak Tasarımı: Ebru Demetgül
Kapak Fotoğrafı: Ebru Demetgül
İllüstrasyonlar: Ebru Demetgül
Grafik Uygulama: Zeynep Erim

Baskı ve Cilt: Duplicate Matbaa Çözümleri San. ve Dış Tic. Ltd. Şti.
Maltepe Mah. Litros Yolu Sok. Fatih San. Sit. No. 12/102 Topkapı,
Zeytinburnu, İstanbul – Tel.: (0212) 674 39 80, Faks: (0212) 565 00 61
Matbaa Sertifika No. 13838

mojito, cocktails; Image Copyright etraveler, 2013
dj set; Image Copyright Igorij, 2013
illustration of a woman; Image Copyright jmcdermottillo, 2013
illustration of a crying woman; Image Copyright jmcdermottillo, 2013
illustration of a couple; Image Copyright Pakmor, 2013
fan; Image Copyright Banana Republic images, 2013
salad & cake; Image Copyright Aleksandra Novakovic, 2013
textures; Image Copyright Markovka, 2013
taxi icon; Image Copyright Ecelop, 2013
cartoon fat face; Image Copyright Toonstyle.com, 2013
Roses Background; Image Copyright Gilmanshin, 2013

Used under license from Shutterstock.com

Kitabın düzeltisinde Dil Derneği Yazım Kılavuzu'nun 9. baskısı esas alınmıştır.
Eser, 60 gr kâğıt üzerine 11 puntoluk Times New Roman fontuyla dizilmiştir.

Bu kitabın yayın hakları Okuyan Us'a aittir. Her hakkı saklıdır. Tanıtım için yapılacak kısa alıntılar dışında yayıncının yazılı izni olmaksızın hiçbir yolla çoğaltılamaz.

© Okuyan Us Yayın Eğitim Danışmanlık Tıbbi Malzeme ve
Reklam Hizmetleri San. ve Tic. Ltd. Şti.
Fulya Mah. Mehmetçik Cad. Eser Apt. A Blok No. 30 D. 5-6
Fulya, Şişli, İstanbul Tel.: (0212) 272 20 85 - 86 Faks: (0212) 272 25 32

okuyanus@okuyanus.com.tr
www.okuyanus.com.tr

Keşke Ben Uyurken Gitseydin...

Hayalleriyle Gerçekler Farklıydı. İyi ki...

French Oje

İçindekiler

5 Sene Önce...	7
4 Sene Önce...	11
3,5 Sene Önce...	15
1 Sene Önce...	19
"Çağkan, mu teras"...	23
"Senin de yaptığını biliyordum!"	35
"Hoşlanmaya programlanmış gibiyim..."	43
Yemekte Patates Var...	53
"2 Kilo Verdin diye Tayt Giymesen mi?"	61
"Seni Bana Hatırlatsın Diye Hıyar Aldım!"	67
"Rüyamda Seni Gördüm..."	75
"Bana Gelsene!"	83
Ne Ayaksın Bertan!	91
Bugün Bertan Günü!	97
"Keşke Ben Uyurken Gitseydin"	107
Galiba Âşık Oldum!	113
Günaydın, Gittim Ben!	127
Uyumuyorumdur İnşallah...	137
Uyanırsam Beni Acil Geri Uyutun...	145
Senleyim, Rüyadan Farksız...	153
Kaybolursam Şarkı Söyle...	161
Emekli Çift...	169

Boşver, Böylesi Daha Güzel... 179
Bertan: 0 – Herkes: 1 189
Ayrılık Acısının Güzel Yanı da Yok Değildi... 199
Oooo Ooooo o da Seviyor! 209
"Aslında Hiç Hazırlanmamışsın,
Bu Her Zamanki Halinmiş Gibi..." 219
Kirpi de Yavrusunu "Pamuğum" Diye Severmiş 227
Dünya Biraz Fazla Küçük... 233
Yanmışım Ben... 245
Dünya Aşırı Derecede Küçük... 251
"Güzel Renda'm" 259
Bazen Anlatmamak En İyisiydi... 265
Acı Çekmede Bir Dünya Markası Olacağım
Gün Gibi Ortadaydı... 275
Veda mıydı Değil miydi? 285
Sevdiklerimle Yaptığım Uzun Yolculukları Severim... 293

5 Sene Önce...

"Hadi oğlum yaa, hızlı ol, hadi!"
"Yahu Renda, sapıtmaz mısın, kimse beklemiyordur senden önce gidip, merak etme..."
"Olsun, ya beklerse?"

Ajanstan arkadaşımı peşime takmış, hayranı olduğum rock grubunu dinlemeye gidiyordum... Kimse hayran değildi onlara, öyle çok popüler de değillerdi ama bir şarkıları patlamıştı ve elimden kapmak üzereydi diğer kızlar... Buna izin verecek değildim, planım, mekânın kapısında beklemek ve kapı açılınca da içeriye sızıp, aç susuz da olsa, en öne geçip konserin başlamasını beklemekti...

Yanımdaki arkadaşım, her şeye "tamam" diyen cinstendi ve iş arkadaşımdı. İsmi Mustafa'ydı. Biz onunla eküriydik ve çok eğlenirdik... Sosyalleşmeye bayılırdı, önerilerime hiç "hayır" demezdi...

Neyse, aç susuz bekledik mekân kapısında. Kimse yoktu, şirketten diğer arkadaşımız sevgilisini beklerken yanımızda takılıyor, bir yandan da "Fazla boş değil mi buralar, konser olduğundan eminsiniz değil mi?" diyordu. Emindim, adım gibi emindim...

Her şarkılarını ezbere biliyordum. En büyük hayranlarıydım...

Konser başlamadan önce, grup elemanları tek tek enstrümanlarını kontrole geldiler. Büyük grup olduklarında bu işi seşçileri, asistanları falan yapacaktı ama şimdilik onların işiydi. İyi ki de geldiler çünkü ben o gece âşık oldum...

İşte aradığım buydu... Grubun basçısını ilk kez görüyor gibiydim... Bertan Sayar... O neydi öyle! O nasıl cool'luktu! O nasıl güzel yüzdü, o nasıl güzel vücuttu! Yaşımın büyük olmasını deli gibi istemiştim, ona uzun uzun bakıp, konser bitene kadar benim olması için dua etmiştim. Onu gerçekten her şeyden çok istemiştim...

4 Sene Önce...

"Alo Bertan, konsere geliyorum ben, heh, Renda Tüzün, aynen, artı 1 yazabilirsin kapıya, evet..."

Yine konserlerindeydim, zaten az kazanıyorlardı, para vermek yerine kapıya ismimi yazdırma derdindeydim ama geçen 1 senede Bertan'dan telefon numarasını almayı başarmıştım, başka konuşacak konu yoktu ve konuşmak istiyordum, bileti de ben satın alırsam ne demeye arayacaktım ki?

Konser öncesi de sonrası da göremiyordum. Tek gördüğüm an, şans eseri kulise girip onunla sohbet ettiğim andı zaten, o zaman da bana kartını vermişti. Bir başçının kartının olması dünya saçmasıydı, evet, ama olsun, çok işime yaramıştı... Kartını uzatırken, "Beni istediğin zaman arayabilirsin." demişti...

Kulise girdiğim gün keşke daha şık olsaydım, hep içimde kalmıştı... Pasajdan alınmış şahane (!) tişört ve Levi's kot pantolonu Converse'lerimle kombinlemiş, taksim gencinin tarzını konserlerine taşımıştım, keşke şöyle çok güzel kız olsaydım. Çok taş olsaydım, ben onun yanına gitmeseydim de o benim yanıma gelseydi...

3,5 Sene Önce...

"Alo? Bertan? Beni hatırladın mı? İlkajans'tan Renda... Evet, şimdi başka yere geçtim... Nasıl olsun... Sen n'apıyorsun? Haa şahane... Aaaa yok, sana gelemem, öylesine aradım ben seni, yok şu an birazcık işim var, ayağımda da topuklular var, öldüm! Nasıl mı? Fotoğraf mı çekeyim, tamam tamam birazdan atarım, hadi öptüm... Hadi bye byeee!"

Ah... Bu adamın ismini görürken bile heyecanlanıyorum... Senede 1 de olsa, 6 ayda 1 de olsa arıyorum, ne yapayım! Her seferinde acaba beni unuttu mu diyorum, aslında bence unutuyor ama hatırlamış gibi yapıyor...

İlk kez çalıştığım yerin yakınından geçerken, arabada yakaladım, bizim ajansın yerini de nereden biliyorsa... "Bana gider miyiz, biraz yorgunum, istersen rahatta oturalım." dedi... Vallahi çok isterdim ama daha önce bu kadar hayran olduğum birinin evine gitmediğim için ne söyleyeceğimi bilemedim, gidemezdim çünkü kesin rezil olacak bir şey yapardım... Hem, hadi gittim, oradan gece eve nasıl dönecektim?

Düşünmedi bunları tabii...

1 Sene Önce...

"Kızlar, gördünüz mü karşımdakini?"
"Oha Rendaa, hemen git konuş, bu adamı daha fazla kaçırma, bak kaç senedir hastası değil misin bunun yahu?"
"Yok ya, gidemem, en son aradığımda yarım saat kendimi hatırlatmıştım, şimdi bu kadar şık olmuşum, gidip de karşısına mal gibi 'Selam beni hatırladın mı? Hani İlkajans'tan Renda' falan diyemem, yok yok kızlar…"
"Yaaaa bence hatırlar"
"Yok bence hatırlamaz, gidemem"
"Bak gidiyor, gidiyor, git-ti, geçmiş olsun"

Ay ben fena oluyorum, ay ben bu adamı hayatım boyunca tavlayamayacak mıyım yahu! O kadar büyüdüm serpildim para kazandım, güzel giyindim, boşuna mı ulan, boşuna mı!

Yine gitti…

Kısmet bi'dahakine…

"Çağkan, mu Teras"...

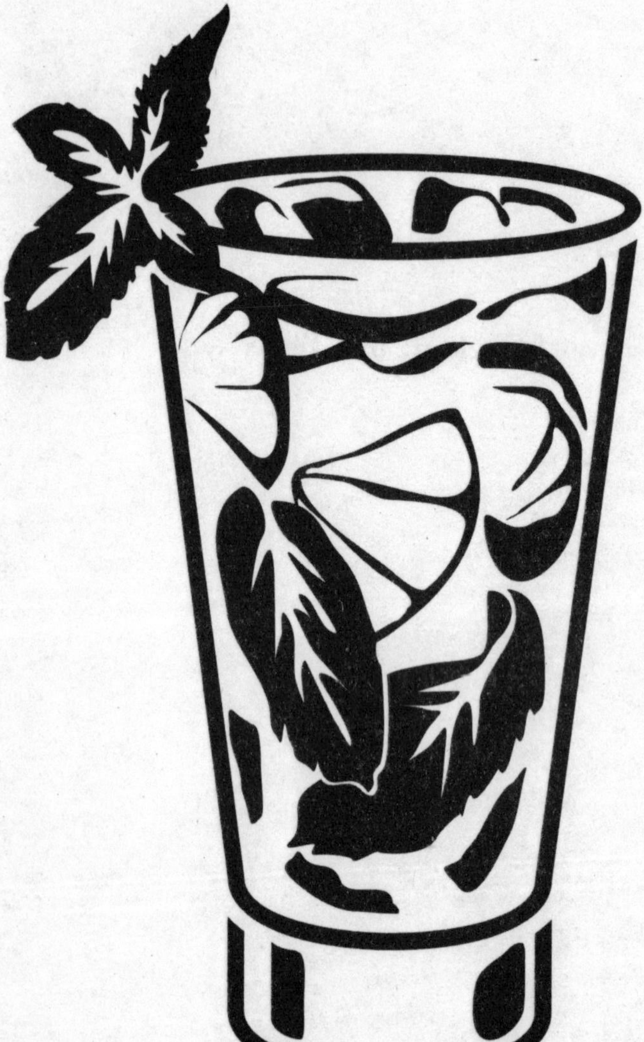

Hâlâ biraz akşamdan kalmayım. Zeynep ile yine İstanbul'daki bütün içkileri içtik sanırım dün gece... Birbirine âşık olan yakın arkadaşlardan değiliz. Birlikte dedikodu yapmaya âşığız. Ne zaman otursak dedikodunun başına, şişe şişe şaraplar biter, dilimiz şişer, dönmez, elimize telefonlarımızı alıp Whatsapp'a dalarız... Ve gece genelde bundan sonra başlar... Zeynep, komik ve kelimenin tam anlamıyla "piç" bir kadın. İlk durağımız, yemek yiyip içki içebileceğimiz seçkin bir restoranken ikinci durağımız gece 11 buçuktan sonra club haline gelen haliç manzaralı bi diğer seçkin restorandı. Çünkü içkiye devam edebilmek için bangır bangır müzik çalmalıydı arkada. Ve yeni içkin şarap olmamalıydı. Mesela mojito! İkinci durağımız bir teras. Tatilden yeni geldiğim için zenci gibiydim. O karanlıkta görünüyor muydum acaba? Bu renk olmaya bayılsam da, kendime henüz itiraf edebiliyorum ki bu kadar kararmak beni öcü gibi gösteriyor. Belki de ilerde sadece 50 faktörlü güneş koruması kullanan beyaz insan olurum.

O gece teras yakışıklılarla doluydu. Ve tabii aklıma ilk gelen, "Bunlar kaç yaşındadır acaba?" sorusuydu. Bir süredir böyle... Bir süredir beğendiğim bütün erkekler ya gay ya da benden küçük oluyor da... Geri kalanlar kapılmış. Haydi büyükten vazgeçtim, yaşıtlarımla olmaya bile razıyım... Sahi, okul dışında hiç yaşıtım biriyle tanışmadım galiba ben... Sanki benim doğduğum yılda toplam 100 çocuk doğmuş gibi...

Etrafıma bakındım. Ve acı gerçeği gördüm; sünger falan değildik. İçki gayet yaramıştı. Her yer karanlıktı. Müziğin sesi çok yüksekti. Dans edecek alan yoktu. Bolca yakışıklı vardı ve hepsi keten pantolonun üstüne gömlek giymişti. En sevdiğimden yani... Ve herkeste nedense bankacı tipi vardı.

Zeynep, omzumdaki şeytan gibi. Habire bir şeytanlık için dürtüyordu. Karşımızdaki çocuğu göstererek, "Şu çocuk çok yakışıklı" dedim mesela, "Gidip sorsana burcunu, ya boğa ya yengeç" dedi. Gazı alan ben gittim. Aslında böyle şeyler yapmam ama bu kız beni fena gazlıyor. Hem biraz eğlenelim hem belki de tanışırız, diyorum her seferinde. Gidip çocuğa sordum. "Koaaaaaç" diye bağırdı. Soruyu anlamadı herhalde, dedim, tekrar sordum: "Yengeç misin boğa mı?" Yine "Koaaaaaaaaç" dedi.

Belli ki biraz içmişti. Kaç ne be?

Aslında... Belki de koç burcudur.

Bulunduğumuz yere geri gittim. Zeynep sırıtarak yüzüme bakıyordu. Belli, çok eğleniyordu... Bulunduğumuz yerden normalde Haliç çok güzel görünür. O geceyse yapay göl gibi. Hatta havuz. Aslında... Belki de çok içmişimdir...

Yanımızda bir sigara standı vardı. İçindeki kız çok güzel, klasik... Üniversite öğrencileri bu işlerle harçlıklarını çıkartıyorlar. Ben de üniversitedeyken yapmıştım. Az çok biliyorum. Ve arkasında... O da ne? Çağatay Ulusoy mu o? Zeynep'le ben bakakaldık. Gözlerimizi kısıp kısıp tekrar açtık, netlemek için. O an yaptığımız her şey mantıksız ama ne yapalım, her şeyi flu görüyorduk. Neyse ben yine kendimi feda edip sormaya karar verdim:

"Çağatay Ulusoy musun sen?"

Kahkaha attı. Gülüşü ne güzel, dişleri inci gibi... Bazıları dişçiye tonla para döküp böyle diş yaptırırken, bazıları da yakışıklı ötesi oldukları yetmiyormuş gibi böyle dişlere sahip oluyor işte. Sigara içmiyor galiba, bembeyazlar... Dur, cevap verdi.

"Hayır Çağan!"
"Çağ ne?"
"Çağhan!"
"Çağhan!"
"Hayır, Çağ-kan!"

Kusura bakmasın da, bir kulağım bu ara iltihaplı, az duyuyor. Ben de bok varmış gibi yine içki içtim antibiyotik kullanırken. Zeynep, hâlâ omzumdaki küçük şeytan gibi, bu akşam sadece soda içecekken birden ayakta duramayacak kadar sarhoş oldum yine yanında. Neyse ki onun da benden geri kalır yanı yoktu.

Çağkan ile tanıştık ama Zeynep yine piçlik peşindeydi. Yanındaki adam barın, Taksim'in, hatta Ortadoğu ve Balkanların en çirkin adamı. Kılığı da at hırsızı gibi. Nasıl içeri almışlar bilmiyorum, neyse, Zeynep adama dönüp, "Arkadaşım sizden çok hoşlanmış." dedi. Ben bu cümlesi biter bitmez Çağkan'a sarıldım. Çağkan önce şaşırdı, sonra yine kahkahayı bastı. Sigara standındaki kız biraz kızgın gibiydi. Bir anda bütün insanların suratına bakıyor olmam neyse de, şimdi bunları hatırlıyor olmam biraz tuhaf...

Zeynep her zamanki gibi telefona gömüldü. Saatlerce kafasını kaldırmaz böyle olunca. Sıkılıyordum ama barmen beni pek sevmişti. Meyveler, kuruyemişler havada uçuşuyordu. Barın "geçilemez" bölümündeki yerimi aldım. Barmen, "Aslında buraya kimse geçemez ama sen güzelsin diye sana bir şey demiyorum." dedi. Sırıtıp şımardım. Dans ederken, bardaki alakasız bir adama göz kırptım. Neyse ki adam sarhoş olduğumu anladığından, sadece gülümsedi.

Çağkan, ona sarıldığım andan sonra benden uzak durmaya başladı. Çok uzakta. Suratı asık. Galiba sigaracı kızla sevgililer. Onu zor durumda bırakmak istemezdim ama Çağkan da yakışıklı olmasaydı...

Karanlıktan saçı sakalı birbirine karışmış biri bize doğru geliyor. Yine flu görüyordum. Yakınlaşıp Zeynep'i zorla öpmeye çalıştığı anda anladım ki Zeynep'in eski sevgilisi Serkan. Önce bana baktı, ellerim garsonun ellerindeydi. Garson da tam bir garson, zayıf, esmer, çelimsiz... Elele değiliz de, o barın arkasında, ben önündeyim, bir köprü kurmuş gibiyiz, o bana sevgilerini, iletiyordu, ben acaba şimdiki ikram ne diye düşünerek sabırsızlanıyordum.

Serkan içkilerimizi bitirdi. Gece sona ermek üzere. Bir Serkan klasiği, mekân basılır, içkilerimiz bitirilir, Zeynep eve teslim edilir. Çağkan'a baktım, sigara standını topluyordu.

"Sen Whatsapp kullanıyor musun?" dedim, "Evet" dedi.

Bastır kızım Renda!

"Versene telefon numaranı, Whatsapp'tan konuşuruz."
"05..."
"Ben çok net göremiyorum, sen yazsana."

Telefonumu uzattım, alıp, yazıp, telefonumu bana verdi.
Şimdi bakıyorum da, anlayabileceğim gibi yazmış güya: "Çağkan mu teras." Galiba o da biraz sarhoşmuş.

Zeynep

Renda'yla senede 1 görüşsek de iyi anlaşırız. Çok kanka değiliz ama biz en iyi dedikodu arkadaşıyız. O gün de buluşunca, sıkıcı sıkıcı yemek yemektense blush açtırıp dedikodunun dibine vuralım dedim. Antibiyotik kullanımı konusunda da bilgi sahibi olmasam da "Sadece iyileşmesini 1 gün geciktireceksin" dedim, inandı. Bu kız hep böyle saf zaten.

Yemek boyunca eski sevgilim aradı. Beni olur olmaz herkesten kıskanıp sürekli senaryo yazıyor. Gittiğim her yeri bastığı için dışarı çıkmaktan nefret eder hale geldim. Yemek yediğimiz yerde epey içmişiz. Huyumdur, içki içtiğimde boş boş eve dönmem, biraz dalga geçmem, insanlarla eğlenmem lazım.

Ordan çıkıp başka yere geçtik... Etrafta bir sürü yakışıklı vardı ama kafamı telefondan kaldıramadım tabi eski sevgilim yüzünden. Renda'yı bir çocuğa soru sormaya gönderdim. Hatta dün gece Renda'yı canımın istediği her yere gönderdim... Herkes alkollüyken her şey çok eğlenceli... Ve dünyanın en güzel kızı olsan da, bir erkeğe özellikle de alkollüyken yazarsan o an hiç şansın kalmaz... Bunu Renda ile bir kez daha gördük.

Konuşurken eski sevgilime nerede olduğumu söyledim. Nasılsa gelmez, dedim, çok uzakta çünkü. Zaten birazdan kalkacaktık. Ama bir anda çıktı geldi. Tamam, geleceğini biliyordum, gece gece üşenmesin, gelsin beni alsın, eve bıraksın istedim, ne var!

Çağkan

Üniversite öğrencilerinin yaptığı işi yapıyorum ama üniversitede okumuyorum. Sadece biraz vakit geçirmek, biraz para kazanmak, güzel kızlarla bir arada olmak için...

Ajansta işler böyledir... Gece işlerinde her zaman daha fazla kazanırız. Her zaman daha güzel kızlar olur yanımızda. Özellikle sigara ve içki işlerinde bize o kadar çok bedava ürün kalır ki... Yine güzel bir yerdeydik. Dikkat etmem gereken şey, bizim kıza kimsenin asılmaması. Bunun için görevliyim ve standın arkasında duruyorum. Üzerimde beyaz gömlek ve kot pantolon var... Temiz ve şık görünmeliyim... Aksi halde mekâna bir daha bizi istemezler ve ajanstan iş almam zorlaşabilir...

Yakışıklı olmak güzel. Ama böyle gecelerde hayır! Bütün sarhoş kadınlar şanslarını denerler, daha da kötüsü erkekler... İbneler hangi ara bu kadar çoğaldı!

Off! İşte yine biri geldi. Aslında tipim değil. Bana adımı ve yaşımı sordu. Tabii ki Çağatay Ulusoy'a benzetti, her zamanki hikâye...

Arkadaşı gibi bara oturduğu an telefonuna gömülen ve sadece içki içen biri olsaydı belki daha cool olurdu. Mini etek giymiş. Bacakları da ince değil üstelik. Tatilde çok yandığını belli etmek için açabileceği kadar açmış her yerini...

Bikini izi bazı erkeklere çok çekici gelse de ben pek sevmem. Bi tuhaf durur, iter beni. Askı izlerinden bahsetmiyorum, göğüslerindeki ve popolarındaki beyazlıktan bahsediyorum. Gerçekten iğrenç oluyorlar. Bir insan neden bu kadar yanar? Çingeneden bir farkı yok ki bunun!

Kız iyice yaklaştığında, hatta sarıldığında yüzüne yakından bakıyorum. Karanlıkta görünmediğinden çok bir şey anlamıyorum. Ama korkunç değil galiba...

Bizim kızın sevgilim olup olmadığını soruyorlar arkadaşıyla. Yoo diyorum. Bana sarıldığında kötü kötü bakmış. "Belki benden hoşlanıyordur" diyip geçiştiriyorum. Bunların gece çalışmakla alakalı bir fikri yok herhalde, kız beni uyarıyor oradan atılmamamız için...

Mini etekli yapışkan tombul kız, ben eşyalarımızı toplarken telefonunu uzatıyor. Yazıyorum. Aslında hayır diyebilirdim ve yanlış numara verebilirdim. Ama vermiyorum. Boş anıma geliyor galiba...

Zaten sabah uyandıktan sonra beni hatırlamayacağından adım gibi eminim... Yani umarım...

Serkan

Ben hayatımda bu Renda kadar salak ve abazan bir kız görmedim, eski sevgilimi basmaya gidiyorum, bu salağı garsonla el ele yakalıyorum. Zeynep'i bununla görüştürmemekte haklıymışım, çer çöp ne varsa bu kızın etrafında.

Tek derdim Zeynep'i burdan alıp sağ salim evine götürmekti. İçkisini içtim, Renda geldi yanımıza, "Serkancım, garsona söyleyelim, alır mısın içki, o Zeynep'in" dedi, bu kız mankafanın önde gideni, ayakta duramıyorlar, hâlâ içki diyor.

"Yok, Zeynep artık içmez" diyip mojitoların ikisini de bitirince kızlarla mekândan ayrıldım...

"Senin de yaptığını biliyordum!"

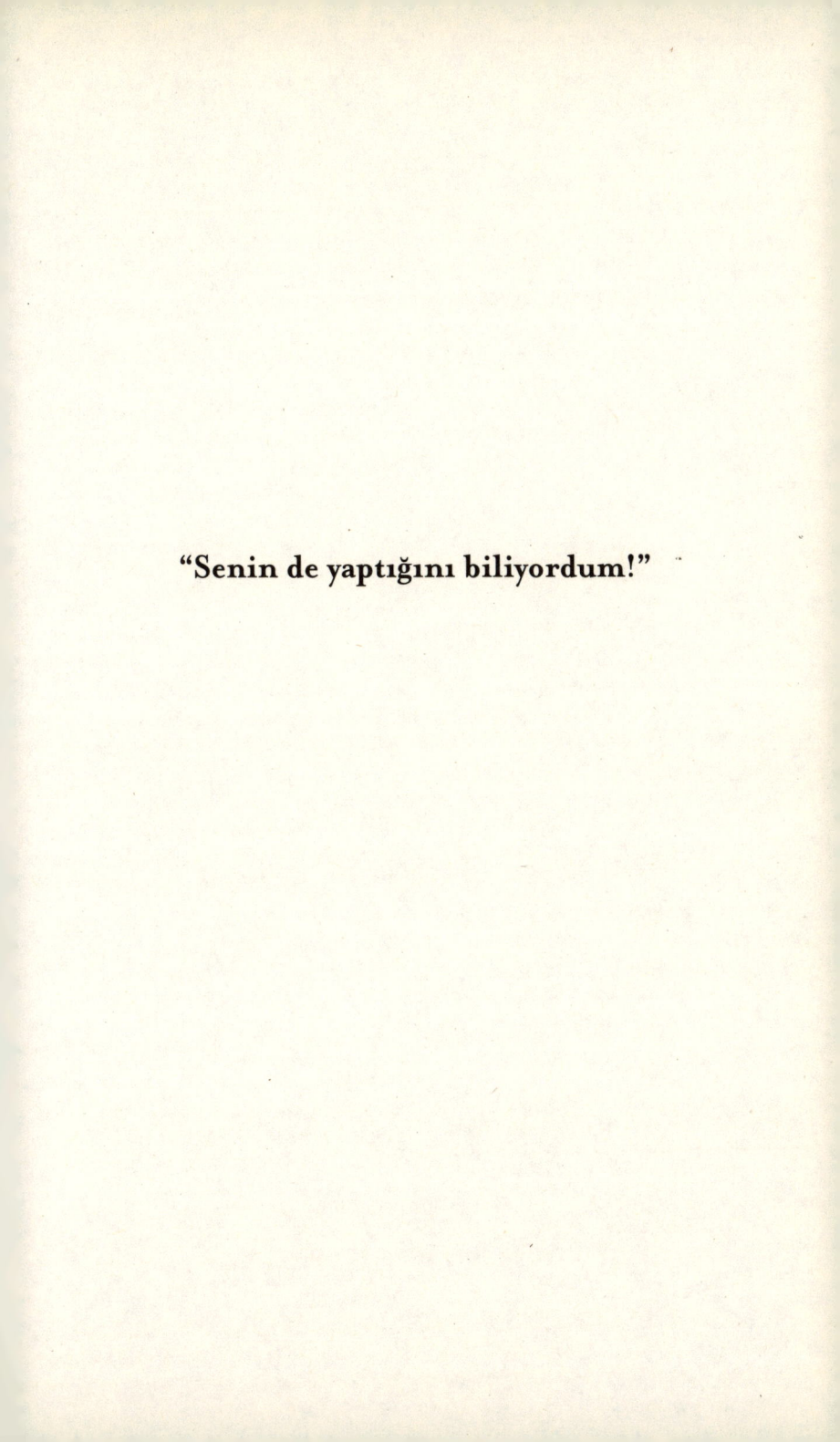

Partideydim...

Yanımda da yakın arkadaşlarım vardı, gerçekten yakın olanlar yani... Bir doğum günü partisiydi. Gelenlerin yarısı kadın, diğer yarısının yüzde 90'ı gay ve kalanlar da gelen kadınların ya sevgilisi ya da kocası... Böyle partilere kız partisi bile denilebilir.

Sevinç geldi yanıma. "Ayyy çok güzel olmuşsun Renda'cım. Saçların harika olmuş, hep böyle yap, bakayım ojelerine, çok yakışmış, bana bu renk hiç yakışmaz..."

Sevinç, insanı iltifat manyağı yapıyor. Onun yanındayken kendini prenses gibi hissediyorsun. Sana kendini dünyanın en güzel ve en tarz kadını, komik, yaratıcı ve zeki hissettirir. Egolarım zedelendiğinde, mutsuz olduğumda, biri beni kırdığında ilk Sevinç'i ararım. O gün saçlarımın uçlarını hafif kıvırmıştım, tırnaklarımdaki de kırmızı oje. Normalden çok farklı bir halim yok aslında. Zaten Sevinç'in güzelliğini görsen, beni neden bu kadar beğendiğini anlamazsın. Çünkü ortamda güzel biri varsa, bu Sevinç'ten başkası olamaz...

Eski flörtü ona geri dönmüş. Adam bunu kaç kez bırakıp gitti, saymadım bile. Bu, hayatımızın bir rutini gibi oldu. Tuvalete gitmek, saçlarımızı fönlemek, yemek yemek, türk kahvesi içmek gibi... "Berke mi döndü? Ee ne diyor?" dedim...

Eskiden olsa, "Berke mi? Sakın konuşma Sevinç, sakın telefonlarına çıkma, sana yaptıklarını unuttun mu? Bak sakın!" der, kızı anlattığına anlatacağına pişman ederdim. Ama o Berke olacak dingil o kadar ağlatıyordu ki her gidişinde, kendimi Sevinç'in ağlamasından sorumlu tutuyordum, izin vermemem gerekiyordu çünkü tekrar üzülmesine.

Taa ki Sevinç bana "Berke benim hayatımda hep olacak, geldiğinde gönderemem, zaafım var ona, nikah masasında bile olsam, Berke yine dönse, hiç düşünmem, yine onun peşinden giderim..." diyene kadar. Ben de "İyi bok yersin..." demedim tabii ki, anlamaya çalıştım. O bile kabullenmişse bunu, bile bile yapıyorsa, artık engel olmamalıyım dedim. İşte yine başa döndük.

Eskilerden konuşmamışlar. Bu kez çok farklıymış. Daha rahatlarmış, bizimki eski saf âşık kız değilmiş. Artık kadın olduğunu hissediyormuş. Birlikte geçirdikleri zaman romantik olmaktan öteymiş, seksiymiş. Zaten Berke o konuda da harikaymış...

Birden gözlerini kırpıştırmaya başladı. Kaşları Küçük Emrah'ımsı oldu. Yine bir derdi var, anladık. Doğum kontrol hapı mı yoksa lazer epilasyon mu? Seks konusundan sonra bir derdini hatırlaması buna delalet eder.

"Söyle?"
"Ya, ben Berke'ye yanında olmadığımda beni özlediği için biraz seksi bir fotoğrafımı çekip gönderdim"
"Yayılmaz merak etme!"

Gözleri parladı bir anda.

"Senin de yaptığını biliyordum! Ohhh nasıl rahatladım Renda! Yayılmaz değil mi? Emin misin?"
"Ya eminim, yüzünü gösterme zaten, senin olduğu anlaşılacak bir şey de olmasın, nasılsa dövmen de yok, bi'şeycik olmaz. Ben de Levo'ya gönderiyorum arada."
"Ohh bee rahatladım. İçim içimi yiyordu kaç gündür, sormaya da çekiniyorum herkes yanlış anlardı sonuçta"

Bu da hem yapıyor, hem de ürkek güvercin gibi uçup bana geliyor. Bence, erkekler böyle fotoğrafları çok sık göndermediğin sürece severler. Ve saygı duyarlar. Hatta çok nadir gönderirsen sadece ona gönderdiğini ve hayatında böyle bir şeye yer olmadığını anlarlar. Ona özel olduğunu hissettirirsen asıl, o zaman onlardan güvenilir erkeği bulamazsın.

Levo benim flörtüm. Henüz birbirimizden kaçtığımız için çıkmıyoruz. Ama, nasıl desem, o benim yastık altım bir yerde. Kimse yoksa o var. Güvencem. Ayrıca çok da yakışıklı... Beni yıllardır tanıdığı için de satacağını düşünmüyorum. Satacaksa da elinde benim olduğuma dair bir kanıt yok. İnternette falan görürsem, "vah vah, yazık" der, geçerim... Paniğe gerek yok.

Partiden yine elim boş döneceğimi, adım gibi biliyordum. Bari fotoğraflarda bol bol çıkmış olsam da, herkes arkadaşının etiketlendiği fotoğraflara bakarken Facebook'ta, beni fark eden olsa, kim bu kız dese...

Sevinç

Partilere akan bir çevrem yok. Tek marjinal yakın arkadaşım Renda. Hatta cinsellik, aile, arkadaşlar ve erkekler hakkında her şeyi düşünmeden sorup konuşabildiğim tek insan. Yaptığım en büyük çılgınlığı o her zaman yapmış oluyor bir şekilde. Eski sevgilimle barıştık ve ona birkaç fotoğraf gönderdim, bir değil. Ve aslında yüzümün bir kısmı da görünüyordu. Dudaklarıma ruj sürmüştüm, seksiydi, o da karede olmalıydı çünkü!

Neyse her detayı anlatmama gerek yoktu, şimdi içim biraz rahatladı. Ayrıca Berke'ye de güveniyorum. Bu kez her şey çok farklı!

Berke

Sevinç'ten gelen fotoğrafları normalde kimseye göstermezdim ama bana sürpriz yaptığı için o an yanımda olan en yakın arkadaşım açmış. Neyse ki kendine göndermeden kurtardım telefonumu. Kıza ayıp olurdu.

Levo

Bende bir koleksiyon var tahmin edersiniz ki ve onca güzel kadın arasından, yayacak olsam bile bizim balıketli minik kuş Renda'nın fotoğraflarını yaymam. O bana özel. Gerisi sorun değil aslında ama yine de kime ne benim koleksiyonumdan, benden fotoğraf çıkmaz!

"Hoşlanmaya programlanmış gibiyim..."

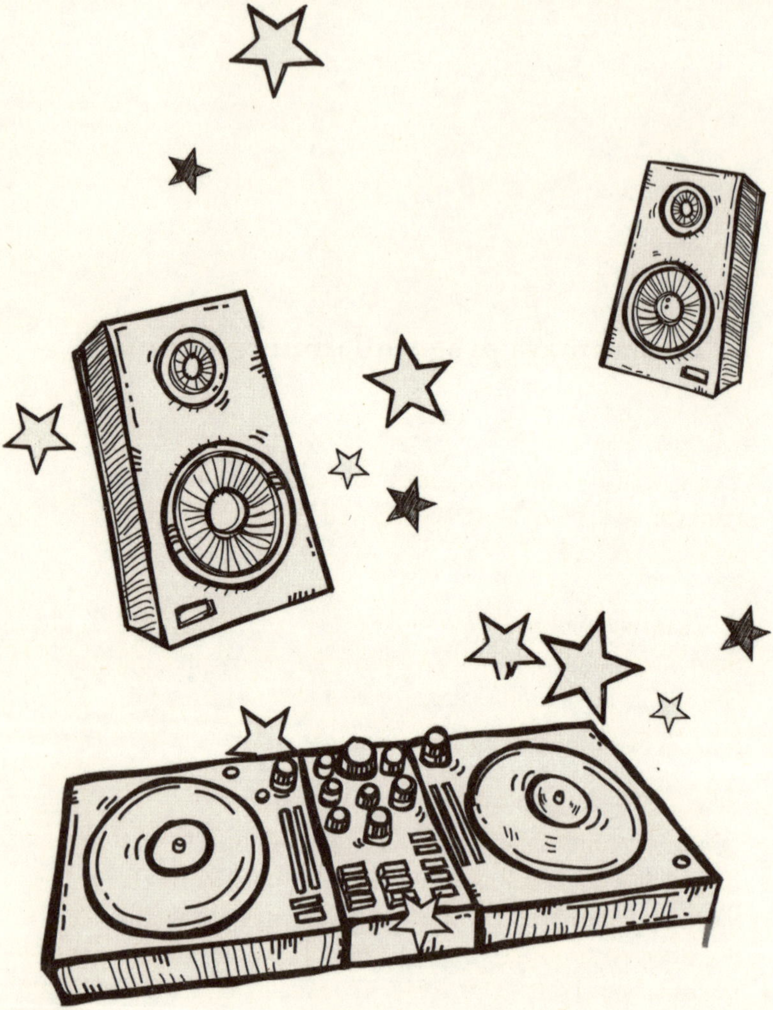

Bu ara çapkının önde gideniyim. Canım Levo, hayatımın merkezinden biraz kaymış durumda, aklıma bile gelmiyor, öylesine bir trafik.

Çapkın dediğim de, klavye çapkınıyım sanırım. İlk eleman Sarp. Sarp, ünlü bir DJ. Arkadaşımın Facebook'unda gördüm. Gördüğüm anda ne ünlü olduğunu biliyordum ne de DJ... Zaten ben öyle DJ müzikleri dinlemem ki...

Sonra hemen saldırdım tabii, nereye yorum yapsa altına yorum yaptım falan derken dikkatini çektim. Ekleştik ettik, bu kez de o bana ben ona yorum yapmaya başladık. Bu arada yaşına burcuna falan da bakmıyorum ben. Sanıyorum ki 28-30. Sanıyorum ki tam benlik. Bir anda bakayım dedim, sağ tarafıma geçici felç geldi; adam 42 yaşındaymış. Bodur tavuk diyeceğim, o da değil. Kafası azcık büyük ama fotoğraflarında hiç o kadar yaşlı göstermiyor...

Uzun zamandır yalnız olduğum için de erkek sinek görsem hoşlanıyorum. Tabii ki bundan da hemen hoşlandım. Sürekli bir ilgi, bir alaka beklemeler bende... Kimse de benim gibi boş gezenin boş kalfası olmadığı için, çılgınlar gibi mesajlaşamıyoruz. Yalnız, boş gezenin boş kalfası dedim ya, gerçekten öyleyim. Bir dijital reklam ajansında çalışıyorum ve patronun asistanıyım. O boş gezen, ben boş kalfa. Bu ara işler biraz durgun da...

Neyse, yazışırken ve gün içinde sürekli Sarp'a nasıl musallat olacağımı düşünüyorum. Ortaokulda olsaydık işler kolaydı, sınıfının önünden her teneffüste 200 kez geçince dikkat çekiyordun ve bir flört başlıyordu haliyle. Ama büyüyünce işler değişiyor. Gidip, "Ben seni beğendim" diyemezsin. Bulunduğu ortamları açık açık yazıyorsa ve senin tarzın değilse, "tesadüfen" karşılaşamazsın, ilk başta yese de sonradan seni tanıyınca onu nasıl kafeslediğini anlar, rezil olur kalırsın... En iyisi ondan bir teklif beklemek.

Ya da kızları toplayıp çaldığı gün eğlenmeye mi gitsek? Belki beni görür ve tanır. Belki o gece aşk başlar. Belki sonra da evleniriz. Gerçi babam beni 42 yaşındaki adama vermez zaten.

Mesajlaşma devam ederken 2 kez evlenip boşandığını öğrendim...

Bizim evlilik işi yatar, hepimize geçmiş olsun.

Ve beklenen an geldi, "Zombi'de çalışıyorum, çok da eğleniyoruz, gelsene eğlenceli arkadaşlarınla yarın" dedi. O anda davet edilmek istemediğimi anladım. 1 günde ben nerden insan toplayacağım? Hayır, çaldığının ertesi günü iş var, işsiz güçsüz birini bulmalıydım yani.

İşsiz güçsüz olup beni yeni tanıştığım adama rezil de etmemeliydi ama. Ayrıca gece çıkabilmeliydi çünkü "1'den sonra gelin" dedi Sarp. Düşününce, bu üç şartın ortak kümesinde tek bir arkadaşım bile yoktu. Yazıklar olsun bana!

Öncelikle yapışabileceklerime yapıştım ve havamı aldım. Zombi biraz gay mekânı, gay kankalarım bile beni reddetti. Her yere gelen eğlence düşkünü kankam da sevgilisiyle tatilde. Kadere bak.

Tam 15 saatlik uğraşlardan sonra eski iş arkadaşım Nevra'yı ikna ettim. Canım benim, gecelere akmayı o kadar seviyor ki, ilk aklıma gelen o olmalıydı zaten... Nevra halihazırda çalışıyor ama içmeyi ve gezmeyi çok sevdiğinden, bıraksan, sabah 7'ye kadar bile eğlenir, ordan işe gider...

Akşam yolda, giderken Nevra'ya ön bilgiyi verdim. Adamı beğendiğimi biliyordu. Zaten mekânın kapısından girer girmez de Sarp'ı gördük. DJ kabininde değildi, bana sarıldı hemen. Görünce tanıdı tabii...

Mekân öküz gibi pahalıydı. Tam bir içki alıp onunla bütün gece idare etmelik. Ama böyle bir imaj yaratmamalıydım. En ucuz içecek bira ve herkesin elinde bira var. Farkımı ortaya koyup mojito aldım. Cüzdanım ağladı...

Bütün gece her boş anında benimle ilgilendi Sarp. Meğer bodur tavukmuş. Bodur horoz ya da. Nerede oturduğumu soruyor. Eskiden, nerde oturduğunu soruyorsa o iş tamamdır, derdim ama böyle fazla hoşlanmalı durumlarda hiçbir şeyden emin olamıyorum. Adımdan bile!

Nevra dans pistinden yanıma gelmedi bile. Bütün gece Türkiye'nin en ünlü popçularından biriyle dans etti... Bu popçu gay değil miydi yahu? O seksi danslar da ne bizimkiyle? Ayrıca şu kız kadar olamadım, yazıklar olsun bana...

Gece bitmeden, uykum geldiğinden, eve döndüm. Gecenin kârlısı... Nevra...

Ertesi gün ise yine güne Facebook ile başladım her normal insan gibi. Biri beni dürtmüş. Dürtmek tam bir idiot işi. Ve dürten salakla da ortak arkadaşımız benim lisedem arkadaşım olan Alper. Bu çocuğu da oldum olası çok beğenirim... İşte konuşmak için fırsat!

Hemen mesaj atıyorum...

"Alper, şu Mehmet Coşkun kim?"

Cevap gecikmedi:

"Benim eskiden çalıştığım ajanstan bir arkadaş, ne oldu ki?"
"Dürtmüş. Sapık mıdır nedir..."
"Evet biraz tuhaf bir çocuk, dürtmek hâlâ var mı Facebook'ta? Neyse, sen nasılsın? İyi misin? Uzun zamandır görüşemiyoruz, lisedekilerle geçen gün görüştük, yoktun sen yine..."

Galiba benimle görüşmek istiyordu. Hemen kendimi gelinlikle, onu da damatlıkla hayal ettim. Üzerimde gelinlik var ama pek emin değilmiş gibi bakıyorum hayalimde bile, yüz ifadem bir garip. Çünkü arkadaşlarımın sevgilileri, iş arkadaşlarım ve eski sınıf arkadaşlarımı kardeşim gibi görüyorum. Onlar cinsiyetsizmiş gibi geliyor bana nedense...

"Tam bir Türk kızı gibi davranmak istemiyorum. Emin olmalıyım..." derken sabahtan akşama, akşamdan sabaha onunla mesajlaşırken buldum kendimi. Ben ilişkinin güzelliğini, evliliğin gerekliliğini savunurken, o yalnızlığın ne harika bir şey olduğunu savunup durdu. Valla aylardır yalnızım ama tek bir güzel yanını görmedim.

Bence bu çocuk aseksüel. Geçmiş ilişkilerinden bahsetti. En uzun ilişkisi, sevgilisinin, "Artık aşkım bitti" demesiyle bitmiş. Ayrılmışlar, sonra kız iki kez geri dönmüş ama bu kabul etmemiş. Bir kadın başka bir kadının dilinden anlar, ben de hemen anladım: O kız, bu gül gibi çocuğu bırakıp başkasına gitmiş ama umduğunu bulamamış, geri dönmeye çalışmış yalnız kalmamak için de...

Alper'i beğeniyordum ama ondan hoşlanmıyordum. Yani onunla öpüştüğümü hayal edemiyordum nedense. Çocuk lisedeki obez halimi biliyor, düşünsene! Onu nasıl doğuştan prenses olduğuma inandırabilirdim ki, gözünde ancak sonradan güzelleşen bir eski çirkindim.

Gerçi o da lisede bir şeye benzemiyordu. Bu çocukla kim çıkar acaba diyordum içimden. Sessizdi, sakindi ve hiçbir kızla ilgilenmezdi. Ayrıca ben şişmanken o da aşırı zayıftı.

Yıllar sonra gördüğümde, çocuk bir güzel vücut yapmış, saçlarını şekle sokmuş, giyim tarzıyla beni benden alıp başka diyarlara götürmüştü ama o kadar bir şey hissetmiyordum ki, iltifatları rahatça sıralıyordum çocuğa.

Şimdi başka bir gözle bakmak zor olacak. Konuşmamızın sonlarına doğru, "Bak, görüşelim, ben sana yalnızlığın ne güzel olduğunu anlatayım, burdan olmuyor... Düşünsene, sana âşık olurmuşum bunu anlatacakken..." dedi.

Yahu resmen yazmıyor da ne yapıyor bu çocuk bana?

İki arkadaşıma fotoğrafını gönderdim, ikisi de bayılarak onay verdi. Onlar onay verdikçe ben olaya ısındım. Ve çocuk, şükür ki, şu buluşma işini ertelemedi. İlk teklifini gece 12'de etti ama o saatte evden çıkıp Taksim'e gidemeyeceğime göre, sıradaki teklifi bekleyeceğim.

Şimdi kamp zamanı! İlk buluşma kombini için gardırobumun önüne bekleniyorum!

Alper

Gecelere akmak bile kızlarsız çok zor. Erkek erkeğe eğlenelim diyoruz, hiçbir mekân almıyor bizi. Yanımızda kız olucak illa... Bizim çocuklar da en sonunda manita yaptılar, ben tek kaldım...

Sonra Renda ile konuşmaya başladık. Lisede pek muhabbet etmezdik çünkü hayatımda gördüğüm en çirkin kızdı. Ama büyüyünce güzelleşmiş, görüşülebilir olmuş. Ama Allahtan lise arkadaşım da, ona farklı bir gözle baktığımı zannetmiyor, yoksa işin yoksa yeni bir kızla uğraş...

Fırsat ayağıma geldi hem, o yalnız, ben yalnız, avlanmaya çıkarız hem de her mekâna sayesinde girerim, oley be!

Sarp

Genç sevgili yapmak kadar güzel şey var mı abicim, yaş olmuş 42 (ama ben herkese 27 olduğunu söylerim, umarım Facebook'taki bilgiler kısmını bütün kızlara olduğu gibi bu kıza da kapatmayı unutmamışımdır), e Renda da fena değil... E tabi dışarda kahve içerek buluşma yaşını geçtiğim için kadınları ikiye ayırdım hemen eve gelecekler ve eve çağırdığımda bozulacak olanlar. Renda ikinci gruptan olduğu için çaldığım yere davet ettim. Daha fazla mesaj mesaisi yapmadan görmek gerekirdi. Gideri var. Ama şu iş yoğunluğum bir bitsin de, üzerine düşüneceğim. Bu tombul kuşu kimse kapmaz, endişelenmeme gerek yok.

Nevra

Renda'yı çok sevdiğimden hayır diyemiyorum. Daha doğrusu, hep hayır dediğim için kırk yılda bir de evet demek zorunda kalıyorum. Yine birinden hoşlanmıştı, klasik hikâye. Zaten bunun bu hoşlanma hikâyeleri meşhurdur, tanışır, flörtleşir ve biter. Bu kadar… Sonu hiç gelmez. O yüzden birinden hoşlandığında dinler, he der, geçerim. Çünkü kendisi tam bir talihsiz… Ya da istenmeyen kadın. Seçemedim.

Yemekte patates var...

- seni sevenle olmalısın Renda

Alper'le mesajlaşmaya devam... Geçen geceki dışarı çıkma teklifinden sonra bir daha bir şey teklif etmedi. Şimdi gündüz shiftinde ve çok mutsuz. İşten akşam 6'da çıkıp koştur koştur spora gidiyor (manyak mıdır nedir) sonra da eve gelip uyuyor. Kas çalışıyormuş. Bizim spor salonunda gördükçe dalga geçerdim kas çalışanlarla. Nasıl içten dalga geçtiysem, şimdiki flörtüm tam bir kas sapığı. Ben de yanında bıngıl bıngıl anası gibi kalırım artık.

Aslında şu yaşıma kadar şu hayattan ve kader çizgimden bir şey öğrenebildiysem, şunu söyleyebilirim: Alper'le benden bi'şey olmaz. Çünkü o ilk flört biraz kankalığa bıraktı yerini. Sabah akşam sürekli mesajlaşıyoruz ve çocuk flört etmek yerine rapor veriyor. Hayır, o anda ne yaptığını sorsam neyse. Her boş anında bana bir mesaj... bak, mesajları alt alta okuyorum:

"Yine servisi kaçırdım ya, dün de kaçırmıştım"
"Uf kafamı işten kaldıramadım, bir anda yoğunlaştı işler"
"İşten çıktım, sanırım ilk önce spora gideceğim:)"
"Uyuyakalmışım serviste"
"Şimdi spora geldim:))"
"Uf çok yoruldum. Duşa gireyim ben"
"Eve gidip yemek yiyeceğim"
"Dolapta hiçbir şey kalmamış! Ne ekmek ne yumurta ne süt!"
"Buzlukta ekmek buldum. Arasına peynir koyup yedim"

Ve bu attığı mesajların hiçbirinden önce ben "Ne yapıyorsun?" demedim. Acaba çocuk flörtleşmeyi mi unuttu yoksa sadece konuşmak için mi konuşuyor? Tabii ki kendi kendine konuşmuyor, her mesajına ben de cevap veriyorum ama rapor vermesini sağlayıcı mesajlar değil.

Acaba bunun da flörtleşme stili de bu mu? Rapor vermek... Tam bir Türk erkeği; yontulmamış, dağınık bırakılmış. Doğal ve etkileyici...

Ama hiç şüphesiz ki katlanılmaz olan erkek modeli bu değil. Bu modele en fazla anlam veremezsin. Benim derdim ayılarla ve görmemişlerle!

"Once upon a time" diyebileceğim kadar eski zamanların birinde, biri yapışmıştı yakama. O zamanlar Facebook yok, arkadaşlık siteleri var. Zaten bütün üniversite gençliği de onlarda kayıtlı. Ve üniversiteli olmayan kendini bilmez gençlik de, tabii...

Neyse, bu patates kılıklının profilini gördüğüm an bana uygun olmadığını anlamış ve yüz vermemiştim. Ama kendisi hiç yılmamış, nasıl desem, resmen beynimi sikmişti. O zaman da blocklamak yok mu, var da blockladığın mı anlaşılıyordu neydi, cesaret edememiştim. Bir de bana bulunmaz bir güzellikmişim gibi davranıyordu. Bir iltifatlar bir güzel sözler... Benim diyen sevgili bile o kadarını söylememiştir beni tavlarken.

Sakla samanı gelir zamanı sözü işte böyle patatesler için söylenmiştir. Ben de sakladım samanı ve bir gün bir işe yarar diye umdum.

Günlerden bir gün, evden çok uzaktayım. Eve gidişim 1 buçuk saat. Metrobüs henüz icat edilmemiş bile. Açlıktan ölüyorum, çok param yok, yakınlarda arkadaşım yok, soğuk ve eve gitmek istemiyorum hemen.

Patatese mesaj attım. O an Balmumcu'daydım ve o da bildiğim kadarıyla Taksim'de çalışıyordu. Hemen cevap verdi, buluşma planı yapıldı. Yalnız çocuk, o ana kadar konuştuğum kadarıyla dünya apaçisi bir şey. Görsen, "seni sevenle olmalısın" bile demezsin.

Buluşma yerine gittim. Aslında Ara Cafe'ye gideriz diye düşünüyordum. Ama beni bekleyen kılığı görünce, her zaman gittiğim, garsonlarının beni tanıdığı mekâna onunla gitmeyeceğimi anladım.

Kazak üstüne kapüşonlu sweatshirt, onun üstüne de deri mont giymişti. Tam bir kültür mozaiği! Kafasının şekli hiç güzel değildi ve saçları 3 numaraydı. Büyük hata. Ve kapüşonu kafasına geçirmiş, kulaklarını da kapüşondan çıkartmıştı.

Şimdi sessizce hayal et. Nine gibi bir çocuk. Ara Cafe'ye gitmiş, kapıda beni bekliyor. Bir insan ancak bu kadar cimri olabilir, otur bir çay iç bari be adam! Neyse, oturmadığı için rezil de olmadım, taktım peşime, başka bir cafeye götürdüm. Orası da sık sık gittiğim bir yerdi ama vazgeçilebilirdi. Ve belli ki o geceden sonra vazgeçecektim. Yemek siparişi verdim. O da menüye uzun uzun baktı. Ve garson geldiğinde, "Sen bana bir kola getir" dedi. Duymazlıktan geldim. Yemeğimi yerken hiç susmadı.

"Ben hiç içki içmem, işlettiğim bara turistler geldi geçen gün, dedi ki kızlar, enerjine hayran kaldım. Herkesten çok dans ettim, herkesten çok eğlendim. Ne ile? Kola ile. Sadece kola içtim! Yani alkole gerek yok, eğlenmeyi bileceksin. Bak, ben kazandığımı hep eve veriyorum, hepsi annemde. Dışarda yemek yemem, yemeğimi yer, işe giderim. İşte de sadece içecek içerim..." Garson geldi.
"Başka bir istediğiniz var mı efendim?"
"Sen şimdii banaaa... Dur bakayım tatlılarına... Yahu her şey ne kadar pahalı! En ucuz tatlın ne? Kaç para? Onu getir..."

Yerin kaç metre altına girdiğimi bilmiyorum. Pahalı dediği tatlılar 5 TL kola 4 TL ve adamın gözleri kanlandı fiyatları görünce. Bence sen tatlıyı boş ver kesme şeker erit ağzında ayı! Ve sürekli konuşuyor, hiç susmuyordu.

"Benim muhitimde, eve geç gidemezsin, bütün mahalle tanır, nerde kaldın der. Annem azarlar. Benim muhitimde herkese git sor, bu çocuk 10 numara der. Gel benim patronuma sor, 10 numara der. Çalışma arkadaşlarıma sor, 1-2'si hariç onlar da 10 numara der. Beni severler. Çünkü içmem etmem, kimseye zararım olmaz. Haklıyı savunurum, haksızı Allah'a havale ederim."

Hiç susmadığı gibi, bir de etraftaki masalara yayın yapıyordu. Bu kadar yüksek sesle anlata anlata bunları mı anlatıyorsun be adam!

Yemeğimi hızlıca yedim. Mideme oturdu. En sonunda ondan kurtulacaktım. Onun muhitiyle benim oturduğum yer, şükür ki yakın değildi. Aynı otobüste olamazdık. Hesabı ödedi. Demek parası yok diye ikimizin yediklerini de hesaplayıp ona göre sipariş vermiş. Bütün parayı anana verirsen işte böyle kalırsın ortada. Bir de kendi yediklerimi ödememe izin vermiyor, çok zenginmişçesine aşağılayıcı bir bakış atmaktan da geri durmuyordu. Dingil ya.

Otobüs durağına doğru yürüyoruz, hayatımda hiç bu kadar binmek istememiştim o otobüse. A-a önden bindi. Akbil bastı. Hatta benim için de bastı. Ve yüzünde yine o salak bakış. Fazladan akbil bastı diye kendisini İstanbul valisi falan sandı herhalde.

Muhitine yakın yerde inecekmiş. Yolda hiç konuşmadık. Ve o gece onu her yerden engelledim. Tabii ki telefon numarasının kayıtlı olduğu ismi "Sakın Açma!" olarak değiştirdim.

Bu da bana ders oldu.

Alper

Yıllarca kızların gözdesi oldum. Pek yalnız kalmadım. Kimseye asılmadım ve kimsenin peşinden koşmadım. Hep kızlar benim peşimden koştu. Ve Türk kızlarından çok çektim. Tek bildikleri nerdesin, kimlesin, ne yapıyorsun çünkü… Sürekli onlara rapor vermeni istiyorlar. Ve sıkılıyorum ben de bundan. Ama mesela Renda hiç sormuyor. Sormadığı için de söylüyorum. Güzel taktik, zeki kadınları severim… Aferin kız şişko, valla gözüme girdin.

Patates

Renda'nın bana kalacağını biliyordum. O da her kız gibi en şık restoranlara gidip, en pahalı yemekleri yiyen biri. Bugün yediği şey tam 15 TL!. onu annem evde 5 TL'ye yapar, 3 kişi doyarız. Ben de kızların bu yiyicilik özelliğini bildiğimden hazırlıklıydım. Annemden biraz para aldım, iyi ki de almışım. O yediği şeyin yanında su içer insan, diet kola içti. Ulan bir tek bizim Türk kızlarında var bu, kızartma tabağı yedi, yanında diet kola içti. Tutarlı olun biraz be.

Eve giderken de onunla gittim. Bizim muhitte böyle, otobüsse otobüs, minibüsse minibüs, kızlara yolda eşlik edilir. Akbil de bastım ki kız mağdur olmasın. Bizde böyle.

"2 Kilo Verdin Diye Tayt Giymesen mi?"

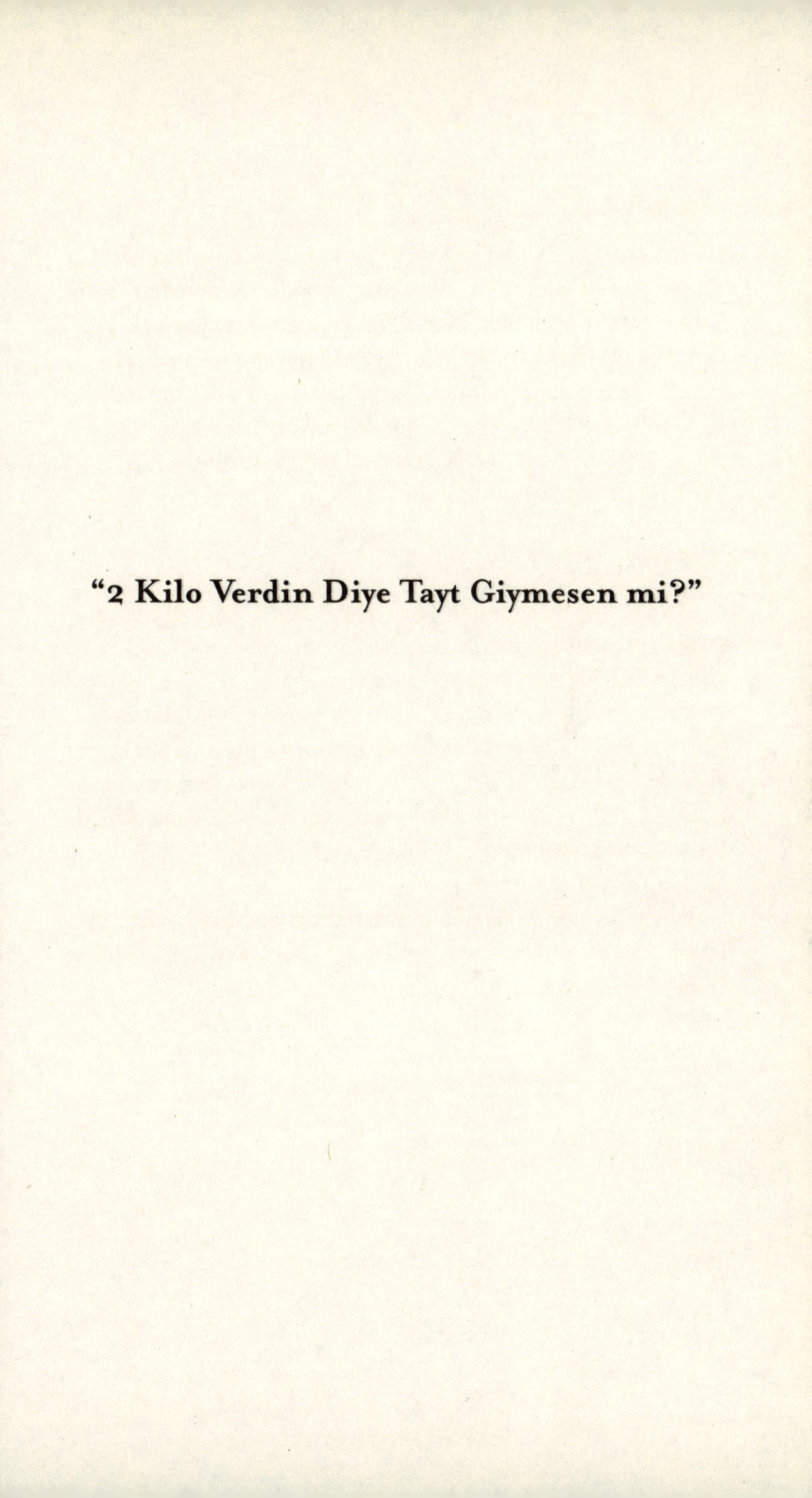

Ajanstayım. Sürekli çay-kahve içmeye iniyoruz alt kattaki cafeye. Bizim art direktör Olgun'la. Olgun, fiziksel olarak adının hakkını veren biri ama ruhsal olarak asla değil. Bir çok abazan gibi o da karı kız için babasını bile satar. Bu ara rejimde. Rejime girip 2 kilo veren her insan gibi o da eski giysilerini giymeye başladı. Sanırım bugün de eski pantolonunu giymiş. Sanırım içine zorla da olsa girdiğin şey, giymen gereken şey değil her zaman, pantolon adama tayt gibi olmuş. Can simitleri yanlardan çıkmış, bacakları pörtük pörtük ve karnını sürekli içine çekmese aslında o pantolonun kendisine olmadığını o da anlayacak. Özellikle pantolonunun fermuar kısmının çıkık ötesi oluşuyla ajanstaki bütün kızlara yaşattığı "görsel şölen", gerçekten mide bulandırıcı.

Ama ne diyceksin? Bu halde yanımda dolaşma mı? Zaten manita yapmış. Güya Antalya'ya giderken otobüste tanışmış.

Yanında oturuyormuş. O yolculuktan sonra hiç kopmamışlar, hep telefonda konuşuyorlarmış.

Filtre kahvelerimizi aldık, yine başladı anlatmaya. Reha Muhtar taktiğiyle yaklaştım bu kez bilmiyormuşçasına, delirtecekmişçesine...

"Siz Antalya'da hangi cafede tanışmıştınız yahu?
"Cafe değil, otobüs..."
"Ha, uçaktan inince bindiğin mi?"
"Hayır Renda, otobüsle gittim ben. Sen şimdiye kadar anlattıklarımı dinlediğinden emin misin?"

Yemedi. Öncelikle kendi kafasında kurmuş, herkesten önce de yalanına kendini inandırmış ki açık vermesin. Tipik ikizler burcu.

"Dinledim de o kısım aklımda kalmamış tam. Kız kaç yaşındaydı yahu?"
"Kimseye söyleme ama 15."
"Aaaa çıtırmış daha. Yazık..."

Hayvan herif, sıksa o kadar kızı olur be, pis sübyancı. Kızın da babası yok herhalde buna yüz verdiğine göre. Ben o yaşta 33 yaşında bir adamla olmaya korkardım, kızdaki de iyi cesaret. Bu da demek ki genç göstermek için rejime girdi.

"Dün nasıl kavga ettik Renda, seni kıskanıyor. Neden seninleymişim sürekli, neden onu arada ihmal ediyormuşum, ağzıma sıçtı vallahi"
"Aaa manyak, hiç normal erkek arkadaşı yok herhalde!"

"Off bilmiyorum, biraz sakinleştirdim, sürekli rapor istiyor telefondan..."

Be Allah'ın dingili, şunu hepiniz yapıyorsunuz, yemediğimizi hâlâ anlayamadınız. Bir kadına gidip sevgilim seninle olmamı kıskanıyor dediğinizde paylaşılamayan değil, ezik adam oluyorsunuz. Sevgilin seni kıskanınca, sende bi bok var da kıskanıyor sanacağım, değil mi? Mal değneği.

"Neyse çıkalım mı? Ben bir mail bekliyorum da..."

Yerime oturup Olgun'u uzaktan izledim. Masa telefonundan yine sevgilisini aradı. İş yaparken bile o telefon o kulaktan ayrılmadı. Saatlerce ne konuşuyorsa... Bir de o kadar kısık sesle konuşuyor ki, yanından geçerken asla duymuyorsun sesini, karşı taraf nasıl anlıyor bilmiyorum.

Kız resmen küçük. Ressmen! Ve kesinlikle otobüste tanışmadılar bence. Boşuna mı bayan yanı mı erkek yanı mı diyorlar? Bence bunlar internette tanıştılar, bu da oraya kızı görmeye gitti. Ve itiraf edemiyor. Yalancı ve sübyancı dombili!

Olgun

Alya benim üvey kardeşim. Babam Antalya'da başka bir kadınla evlenince, onun kızıyla da ben kardeş oldum yıllar önce. Birkaç ay önce de beni Facebook'tan eklemiş. Ve tüm o güzelliği yetmiyormuş gibi seksi fotoğraflar paylaşmaya başladı beni ekledikten sonra. Ve etkilendim. Her erkek etkilenirdi...

Bunu da kimseye açıklayamayacağıma göre, Antalya'ya babamı ziyaret etmeye gittim ve onlarda kaldım. Sonra da sevgili olduk...

Tabii ki sonu yok. Ama şimdilik neden uluorta yaşayıp her şeyi mahvedeyim?

Alya

Annemin evlendiği adamı bir türlü sevemedim. Ve eğer oğluyla kırıştırırsam kıyamet kopar diye düşündüm. Gerisi çok kolaydı. Olgun da aslında iyi biri. Tek istediğim bana âşık olması. Sonra ailede huzursuzluk olur ve belki de annemle o adam boşanırlar. Ve tabii ki Olgun ile bir geleceğimiz olamaz. Yaşıtlarıyla takılmayı öğrensin o, nerdeyse babam yaşında be...

"Seni bana hatırlatsın diye hıyar aldım!"

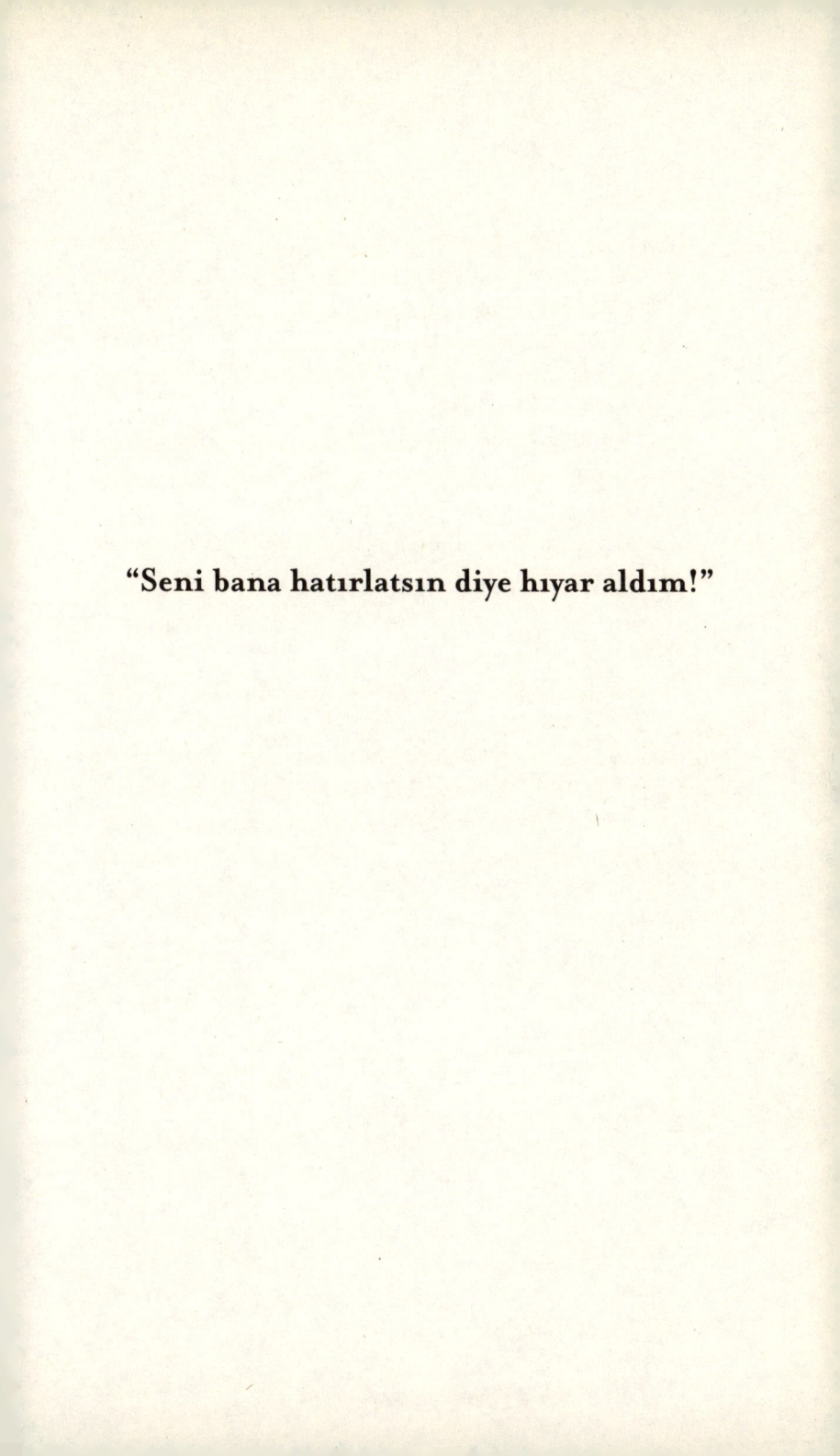

Canım Alper'imle son birkaç gündür aramız bozuk gibiydi. En sinir olduğum durum, hiçbir şey bilmediğin, anlamadığın, sorgulayamadığın durumdur. Elimde kanıt yok ki, hislerim yüzünden mi hesap soracağım adama? Bir anda uzaklaştı, neden, nasıl oldu, anlamadım.

Aslında anladım. Ben galiba yine bile bile yaptım...

Bunun sürekli durum raporu vermesine, yer bildirimlerine bayılıyorum. Ama bunu zarifçe ve adamın gururunu okşarcasına değil, ayı gibi, dana gibi, düşüncesiz öküz gibi söyledim. O ne yaptı, uzaklaştı. Dalga geçiyorum sandı çünkü.

Birkaç gün cezalandırıldım. Sabah uyandığımda mesaj göremez oldum. Gün içinde de... İlk önce telefonu evinde unuttuğunu zannettim ama akşam üstü dayanamayıp mesaj attığında anladım ki, telefonu elinde. Yani bilerek yazmıyormuş.

O an aklıma üç soru geldi ve üçünün de cevabını, en azından yakın bir zamanda öğrenemeyeceğimi biliyordum:

1-Fazla samimi olduğumuzu düşünüp kendini çekti. Çünkü benden hoşlanmıyor.
2-Onunla dalga geçtiğim için bir daha aynı şeyi yapmamaya karar verdi.
3-Biriyle flört ediyor, beni de saldı çayıra Mevlam kayıra.

Başlarda biraz üzüldüm. İhtimalleri düşündükçe biraz buruldum ama zamana bırakmaya karar verdim. Bu esnada da denize girdim ve güneşlendim. Yakışıklıları kesmeye çalıştım ama ben mi onları kestim, yeni aldığım bikini mi bacaklarımı kesti anlamadım, denemeden almışım da, küçük geldi...

Tam 1 gün hiç mesaj atmadı. Zaten ondan önceki gün de ben mesaj atmıştım. En son benim mesaj atmış olmam da üzücü bir diğer ayrıntı olarak kalbimdeki yerini aldı zaten.

Ertesi gün, evde malak gibi yatarken mesaj sesi geldi telefonumdan. Artık mesaj beklemediğim için, yandan baktım. Sonra bir daha baktım. Sonra sırıtarak mesaj metnini açtım. Mesaj Alper'dendi!

"Sevgili mi buldun, n'aptın, koptuk birden!"

Sanırım benimle dalga geçiyor. Günlerdir bana yüz vermeyen kendisi... Yazacak başka bir şey bulamadı herhalde. Cevap verdim.

"Ben de senin için aynı şeyi düşünmüştüm."

Sonra bir süre mesajlaştık, eski günlerdeki gibi, saçma sapan ve bir yere gitmeyecek muhabbet işte... Bazen, amaçsızca, sadece onunla iletişimde olmak için mesajlaşırsın. Hiçbir yere gitmez ama birbirinizden hoşlandığınızın resmidir bu. İşte ben bunları söylerken bile kendine pay çıkaramayan, karşısındakinden emin olamayan biriyim. Ya hoşlanmıyorsa?

Arkadaşlarım Alper'i öylesine onaylıyor ki, benden çok merak eder oldular. Sürekli soruyorlar. Sürekli görüşmemizi istiyorlar. Sanki çok kolay! Adam görüşelim demiyor ki kaç gündür...

Sevinç'le konuşuyoruz. Muhteşem flörtünden gelen ultra dangalak espriyi anlatıyor. Kimse kusura bakmasın, gülmekten yerlere yatıyorum. Bu kız da çok talihsiz, aşkta benden daha şanssızı varsa, o da bu kızdır. Flörtü bir fotoğraf göndermiş, fotoğrafta uzun salatalıklar, 3 soğan, 1 patates ve bir de domates var. Ve not şu:

"Bak Sevinççiğim, senin yokluğunda bana seni hatırlattığı için bol bol hıyar aldım!"

Kızcağız ilk önce, "Ne demek istiyorsun, komik mi şimdi bu!" demiş. Sonra da carlamış da carlamış... Valla bana göre komik, saatlerdir sadece buna gülüyorum. Sonra kendime yetmeyen aklımdan Sevinç'e ikram ediyorum:

"Sen de git marangozhaneye, çek kalasların fotoğraflarını, senin yokluğunda bana seni hatırlattıkları için buraya geldim, yaz gönder."

Aklına yatıyor. Keşke hayvanat bahçesine git, ayıları çek deseydim.

Bu kız flörtleriyle enseye tokat oluyor, ben de kanka. Şu flörtü doğru düzgün ilişkiye götürenini görmedim zaten çevremde.

Alper

Zaten sabahın altı buçuğunda kalkıp işe gidiyorum, zaten sinirliyim bu ara, zaten uykusuzum, bu da kalkmış bana "sana sormadan bile nerde olduğunu söylüyorsun ya, bayılıyorum, salak:)" yazmış. Hakaret mi ediyor, seviyor mu anlamıyorum. Bu da yeni moda zaten, küfürleri yiyip yiyip, seviliyoruz diyip susacağız zannediyorlar herhalde. En sinir olduğum şey. Seviyor musun, düzgün sev. Sevmiyor musun, onu da düzgün göster ki anlayayım. Yok ona artık yer bildirimi falan. Hata zaten onu zeki zannedende...

"Rüyamda seni gördüm..."

Dün Alper'le tartıştık. Bu ilk tartışmamızdı zaten. Tatile gidip gitmeyeceğini sorduğumda, "Bu yoğunlukta imkânsız, gitmem mucize olur, ancak kışın gidebilirim." dedi. Ben de görüyorum sürekli çalıştığını, ses çıkarmadım.

Kışın nereye gideceğiz ki, Uludağ'a mı? Buraya kadar tamam... Bir de Facebook'una bakınca ne göreyim, en sevmediğim kız duvarına yazmış:

"Kaş'a geliyor musun?"

Peki ya bizimki ne cevap vermiş?

"Haftaya ayarlamaya çalışacağım."

Bunu gören Renda ne yaptı? Tabii ki mesajı kopyaladım, ona gönderdim. "Demek kişiye göre değişiyor cevapların, peki" dedim. Başka bir şey yazmadım. Üst üste açıklamalar geldi bundan tabii...

"Ha, onu öylesine yazdım..."
"Renda?"
"??"
"Ya of bu ne şimdi? Sana söylemedim mi gidemem diye, nereye gidebilirim? Hem gitsem sana söylerim zaten."

Cevap verdim. Tribin doruklarından selamlar!

"İstediğin yere istediğinle gidebilirsin, zaten beni ilgilendirmez!"

Böyle mesajlar aslında ilişkinin gidişatını öğrenmek için çaktırmadan kurulan tuzaklardır. Ama hıyarağası yemedi. Aslında vermesi gereken cevap, "Ne demek ilgilenmiyorsun, ilgileneceksin tabii ki!" idi. Ama onun verdiği cevap ne oldu?

"İlgilenmiyorsan neden soruyorsun, ilgileniyorsun ki sordun..."

Bu çocuk romantizmden çok uzak. Tek derdi açık yakalamak sanırım.

"Hayır, yaptığın şeyi gör istedim. Yoksa bana ne yani."
"Neden bu kadar büyütüyorsun anlayabilmiş değilim, o uluorta yazdı diye öyle cevap verdim, doğrusunu sana söyledim ama"

Uluorta yazdığı içinmiş. Sarışın olduğu için olmasın o?

Neden "hayır" diyemediği insan ben olmuyorum kimsenin, bunu anlamıyorum gerçekten. Saçlarımı sarıya mı boyatmam gerek?

"Bana çok rahat hayır diyorsun, ona da de, ne kadar zor olabilir?" diyorum, kıskandığımı anlamamasına imkân yok. Neyse, dünyayı dar ettim 1-2 saatliğine de olsa.

Şimdi ne yapacağıma karar vermem lazım:

1-Tribe devam ve süründürmek? (Ters tepebilir, çocuk uzaklaşır. Ama sürünmesine bayılıyorum, biraz daha süründürsem keşke...)
2- Tribe son vermek? (Bu kez de kolay kız olucam yine, sonsuz huzur verse bile, âşık olacağın kadını bulunca hiç düşünmeden çöpe atılan kız hani...)

Tribe devam etmeden önce çok uzattığımı söyledi. Ben de normalde konuşmadığımı, o yazdıkça cevap verip sinirlendiğimi söyledim. "Peki" diyip sustu.

Şimdi, yazılı olmayan flört kurallarına göre, onun birkaç saat sonra dayanamayıp yazması gerekirdi. Saatler geçti, ne yazan vardı ne çizen. Neyse, saçma bir şey yazıp konuşup konuşmadığını anlamaya çalıştım. Önce bu konunun üstünden geçtik ve gergin olmadığım için mutlu oldu. Sonra geyiğe devam ettik. Ve gece de rüyamda onu gördüm.

Ertesi gün uyandığımda, rüyamı düşünürken "Günaydın:)" mesajı geldi Alper'den. İlk defa günaydın mesajı attı. Cevap verdim tabii...

"Günaydın, rüyamda seni gördüm, ama anlatamam çok saçma."
" Aa? Nasıl? +18 mi?"
"Sana +18 ama bana gayet masum..." diyip anlattım. Rüyamda Alper'in sürekli takıldığı bir bara gitmişiz, yanımda onu Kaş'a davet eden sarışın kaltak varmış. Konuşmuyormuşuz normalde ama rüya bu ya, takmışım koluma geziyorum...

Hava yağmurluymuş. Alper, kapıdaymış. Alper, görüp görebileceğim en tipsiz, en apaçi adam oluvermiş nasıl olmuşsa, hevesim kaçıyormuş onu görünce. İçeri giriyormuşuz. Kocaman bir masa var, aile yemek masası gibi. Masanın etrafı dolu. Sarışın yelloz camdan dışarıya bakıyormuş, İstiklal'e yağan yağmuru izleyip romantizm yaşıyormuş kendi kendine.

Bense masanın diğer ucundaymışım. Biriyle tanışmışım, hani sosyalleşince, en konuşkan ve çirkin erkek gelir seni bulur ve hiç yoktan iyidir diye saatlerce muhabbet edersin ya, o hoşlanmıştır senden ama onunla olmanın imkânı yoktur, genellikle kilolu ve temiz yüzlüdür. İşte öyle biri yine beni bulmuş. Sektör hakkında laflıyoruz.

Bir de kafamı Alper'in olduğu tarafa çeviriyormuşum ki ne göreyim? Alper'in kucağında bir kız! Ayakları omuzlarında nerdeyse, kırmızı ojeleri var, o ayaklar en fazla 36 numaradır, saçları küt, siyah ve kâkülleri var. Minyon. Alper'i baştan çıkarmak için yapmadığını bırakmıyormuş. Alper de sarhoşmuş ama, kız tam bitmiş durumda. Onlara bakarken utanıyormuşum. Zaten içki içmemem gereken bir gece yine, antibiyotik kullanıyormuşum. Sonra bakıyormuşum burdan bana ekmek çıkmayacak, çıkıp evime gidiyormuşum...

Rüya bu. Rüyamı anlattıktan sonra, "Sen asıl şimdiki tipimi gör, eskiden tipsizdim şimdi çok farklıyım, beni gör, sonra rüya görürsün." dedi. "Asıl sen beni gör, sonra rüyalarını anlatırsın..." dedim. Ve devam etti...

"Tamam"
"Saçlarımı kestirmeden hem de..."
"Saçlarını kestirmezsen beğenmem."
"Saçlarımı kestirmem, beğenmezsen beğenme."
"Kestirmezsen kestirme!"
"Beğenecek misin?"
"Bilemem!"
"Bilemezsen bileme!"

Şu konuşmadan sonra flört eden normal bir erkeğin kurabileceği cümleler ve atabileceği adımlar nasıl olurdu?

"Hadi görüşelim, kim kimi rüyasında görüyormuş o zaman görürsün."
"Seni görmeden bir şey söyleyemem."
"Eee ne zaman görüşüyoruz? Kim kimi rüyasında görürse o daha çok değişmiştir."

Gibi mesela... Ama bu dangozların efendisi ne yaptı, son cevabımdan sonra bir şey yazmadı. Olmayacağı gün gibi ortada olan bir işin peşinden bu kadar koşmamın sebebi ne peki?

Boşluk. Boşluk bayağı büyük. Âşık olmam gerek, çok acil.

Alper

Şu Renda'nın tuzaklarına düşmemek için resmen tilki gibi uyanık olması gerekiyor insanın 24 saat. Ne zaman nasıl yakalayacağı hiç belli olmuyor. Hava çok sıcak. Bu havada sevgili falan istemiyorum. Ayrıca vücut geliştirme konusunda her ne kadar beni ciddiye almasa da çok ciddiydim ama zaten bu sürecin sonuna kadar onunla veya başka biriyle olmayı düşünmüyorum. Gel de bunu kalın kafa Renda'ya anlat. Rüyasında gördüğü kucak kızı da eminim kendisidir de ayak yapıp ağzımı arıyor.

Yer miyim ben!

"Bana gelsene!"

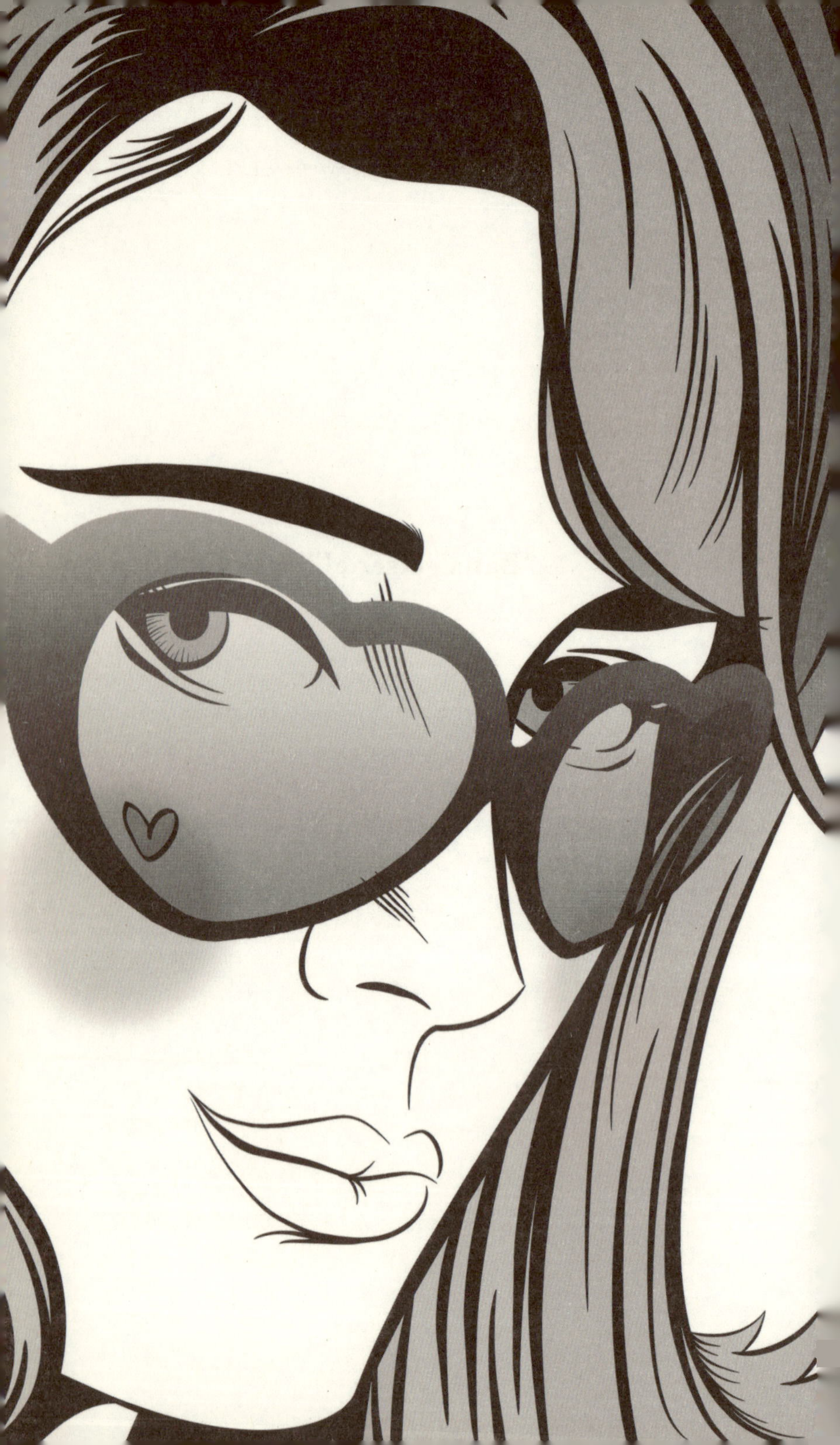

Bu akşam canım çok sıkılıyor...

Her zamanki gibi Whatsapp'ta kime sarsam diye düşünüyorum, kişi listelerine bakınıyorum... Bu can sıkıntısı başa bela. Çünkü eski can sıkıntısı zamanlarımda pek hoş şeyler yaptığım söylenemez... Sarhoş olup hoşlandığım cool adama ilanı aşk etmekten, gururdan ölüp de yıllarca yazmadığım eski sevgilime yavşak yavşak yazmaya kadar elimden ne geldiyse ardıma koymadım, yaptım.

Bu akşam da avuçlarım kaşınıyordu, bir takım haltlar yiyeceğim kesinleşti... Derken, hani o en sevdiğim rock grubunun elamanlarından birinin telefonunu gördüm, Whatsapp'ı yeni indirmiş olmalı... Ah eski aşkım, ah yakışıklım, ah ismi "ölmeden önce mutlaka sevişilmesi gerekenler" listemde başı çekenim, sen telefon numaranı hiç mi değiştirmedin? He kuşum? Seni annen baban ben yiyeyim diye mi yaptı?

Tabii ki tereddütsüz yazdım...

"Bertan Sayar!"

Yarım saat sonra cevap geldi:

"Merhaba, fotoğrafından da çıkartamadım, kimdin sen?"

Fotoğrafımdan çıkartamamasına sevindim. Demek ki bugün yarın bir yerde karşısına çıksam, "sapık kız" değil, "hoş kadın" olacağım gözünde. Güzeeeeel...

Çok sevindim. Çünkü hikâyemiz bundan 5 sene öncesine dayanıyordu... Hani en başta anlatmıştım ya, o zamanlar bunun çaldığı dandik grup çok popülerdi ve ben de yine bir ajansta çalışıyordum. O zamanlar öğrenciydim, esasında bedavaya çalışıyordum. Tabi para kazanmayınca da terkostan başka yerden giyinemiyordum. Öğrenci harçlığıyla yapılan alışveriş ancak o kadar olur.

Zaten ben okul hayatım boyunca sadece iki şeyi kıskandım
1- Oda telefonu olanları
2- Babasının ek kredi kartı çıkarttığı tipleri

Bende neden ikisi de yoktu acaba? Babam nedense parası olmasına rağmen bize bilgisayar da almamıştı. Tertemiz geçen bir gençlikten sonra üniversitede internetle tanışmış, klavyede yazı yazmaya alışana kadar da neler neler kaçırmıştım...

Neyse, gerekirse o konuya sonra geliriz...

"Ben İlkajans'tan Renda, tanımayabilirsin tabi..."
"Tanıdım"

Eyvah! Tanıdı! Bundaki de ne hafıza arkadaş, seneler önce gördüğü insanım, öyle de kalabalık hayatı var ki, şaştım kaldım. Demek ki iz bırakmışım. Aferin kızım Renda, kesin evleniceksin bununla, kesin!

Sonra konuşmaya başladık. "Ne yapıyorsun?" dedi Evdeyim, ne diyeyim, yine evde yalnız başıma otururken korku filmi izledim embesil gibi. Ve korkudan öl-düm!

Sihirli kelimeler: "yalnızım, korkuyorum"...

Hiçbir erkek ama hiçbir erkek buna dayanamaz, eminim!

O da dayanamadı... "Bana gelsene, güzel müzik, güzel içki ve harika bir manzara var, Bebek'teyim."

Ne diyeceğimi bilemedim. İçimden bir sürü şey geçti...

1- Beni ne zannediyor? Gel dediğinde gidecek kızlardan mı? Bu adamın aklında nasıl böyle kalmayı başardım, pes doğrusu!
2- Saçlarım rezil halde, gideyim desem en az 15-20 dakika onun yapılması sürer
3- Kıl tüy olayına hiç girmiyorum, hepsini jiletle alsam bile o da en az yarım saat sürer.
4- Ne giyeceğim? Ne giyilir gece buluşmasına yahu?
5- Gidemem ben ya, bir ton dert bu gece buluşması...

Ona vermem gereken cevabı verdim...

"Sen beni ne zannediyorsun, gece kalk gel demek ne demek? Tanımadığım adamsın sonuçta, ben eski kafalıyım, öyle gece yarıları çıkıp kimsenin evine gidemem."

Bu cümlemden sonra ne kadar namuslu olduğumu görüp beni nüfusuna alacak (yüzde 0,1)...

"Kezban" diyip başkasına yazacak (yüzde 90)...

Yüzde 9,9'luk bir ihtimal de bırakıyorum ki adamı tam tanımıyorum, beni şaşırtabilir diye...

Beni rüyasında görmüş, aylar yıllar önce. Aslında buna pek inanmadım. Rüyanı anlat diyecektim ve fantezisini anlatacaktı. Sonra ben eriyecektim. Çünkü tahmin ettiği gibi, ben bir geri zekâlıyım. Gece boyunca yazıştık. Sonra birden yazışmalar kesildi ve hafiften bozuldum. Gitmedim diye değil mi tüm bunlar? 1 buçuk saat boyunca yatağın içinde Whatsapp'ı yeniledim, Twitter'a baktım, Facebook'a bile bir göz attım...

Ne gelen vardı ne giden, sıkıntıdan 5 yılda bir konuştuğum insanlara bile selam verdim. Sonra Bertan'dan beklenen haber geldi: "Çevirme vardı, çok kötüydü, olay çıktı şu anda hastanedeyim, hayatımın en kötü gecesini yaşıyorum."

Neye sevineceğimi şaşırdım:

1- Gitmedim diye kızmamış.
2- Başına kötü şeyler geldiğinden bana yazamamış.
3- Başına kötü şeyler geldiği için yazamadığını bana söylüyor. Bana değer veriyor.

Oooo ooooo o da seviyor!

Ben de küçük biz öküz olduğum için bu sevinçle anında uykuya daldım. Çünkü tabii ki başına bir şey gelmiş olması değil, bana haber vermesi önemliydi.

Bertan

Hayatımda gördüğüm hiç kimseyi unutmadım, Renda'yı da tabii ki... Eskiden bu biraz rocker gibiydi, yani bizim gibi. Her konserimize gelir, en önden bizi izlemek için en az 1 saat öncesinden kapıda beklemeye başlardı. Tipik ergen işte... Sayesinde grubun solisti dışında tek fanatik hayranı olan bendim. Her rock festivalinde, her girdiğim ortamda karşıma çıkardı. Sevimliydi. Ama aramızda tabii ki bir şey olamazdı. Zaten benim o dönem kanserli bir ilişkim vardı...

Bana Whatsapp'tan yazdığında heyecanlandım, çok güzeldi çünkü yazan kişinin fotoğrafı. Fotoğraftakinin o olduğunu öğreninceyse evrime bir kez daha inandım. Artık fanatik hayranlığı bir kenara bırakırsa evimde her zaman yeri var. Tabii kezban gibi "ay yok gelemem eve"lerini çekecek değilim. Pastanede mi buluşacaktık?

Ne ayaksın Bertan!

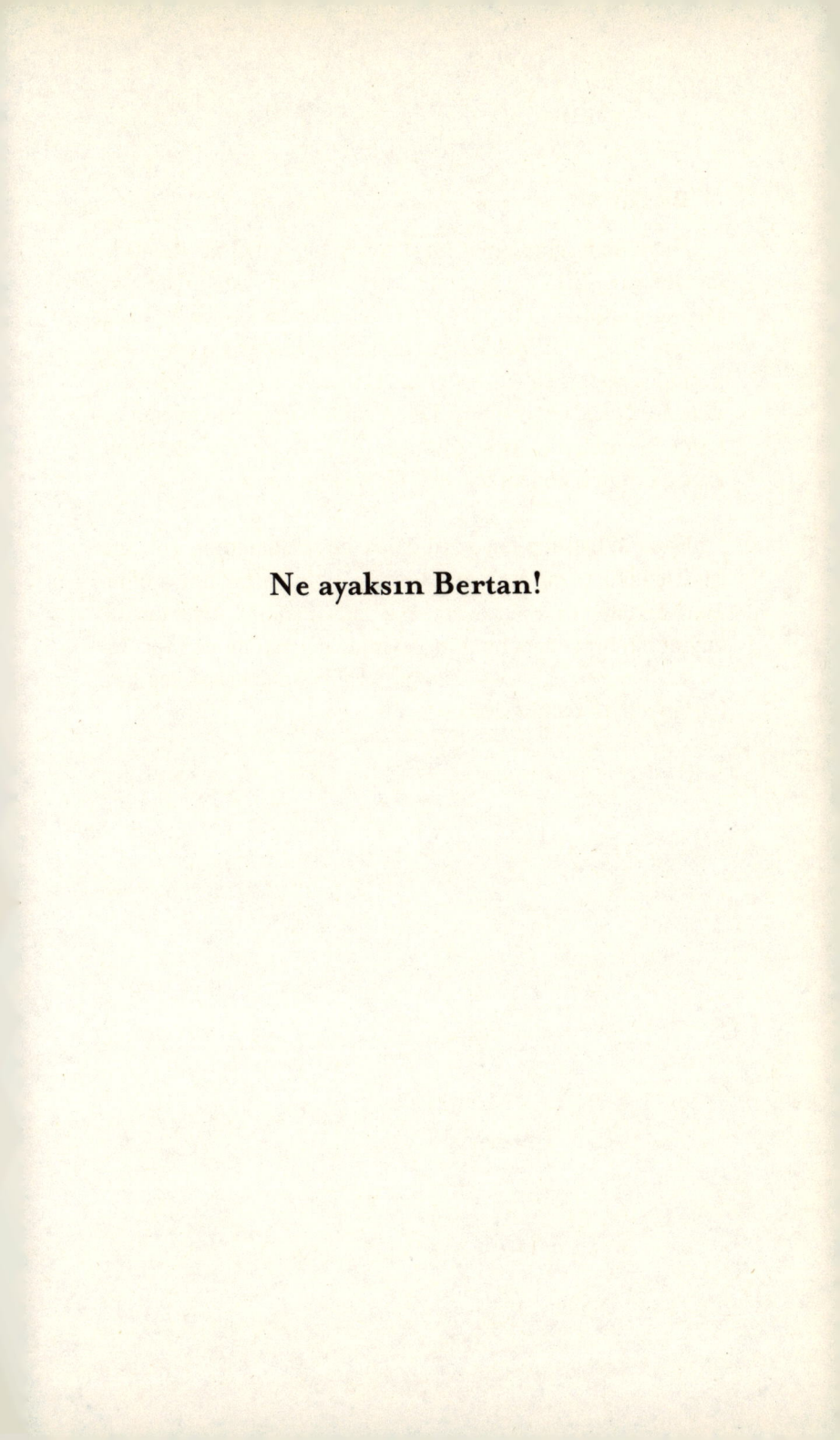

Bertan ile konuştuğum zamanlar çok keyifli. Her istediğim şeyin istediğim zamanda olmaması aslında çok işime yarıyor. Eskiden bana böyle yüz vermemiş iyi ki, iyi ki pek konuşmuyormuşuz. Çünkü öyle hayrandım ki ona, görünce saçmalamaya başlıyordum, vallahi rezil olurdum...

Şimdiyse ona karşı hiçbir şey hissetmediğimden gayet rahatım. Eve çağırmalara aynen devam... Ama gidemiyorum ki, bakımlı olduğum tek bir günüm yok bu ara. Saçım güzelse cildim kötü, cildim güzelse tırnaklarım kötü, hepsi güzelse uykum var...

Bu adamlar gece çağırmalara bir son verseler gerçekten hepimiz için en güzeli olacak. Gündüzün suyu mu çıktı?(içime annem girdi)

Şimdi başımıza yeni bir şey daha çıktı: ayak fetişisti olması. Manyak. Bir insan neden ayak fetişisti olur yahu? Pasaklılığın bu kadarı! Pis ya ıyy…

Sürekli, "İnce çorap giyer misin? Topuklu ayakkabının içine mi? Ahh, onu yüzümde çıkartmalısın, yüzümü ayaklarınla ezmelisin…" diyor.

Galiba bunlara şaşırmamak için bir 10 sene sonra görüşmeliydik. Çünkü onun bu rahatlığının karşısında ergenliğimde seks'e verdiğim tepkiyi veriyorum. Ayaklarımı kocama saklar gibiyim, ayaklarım benim namusum!

Adam ayak konusunu bir açtı, kapatmıyor. Hayır, ayaklarım güzel olsa, tamam. Ama çirkin! Resmini çek gönder diyor da nasırları nasıl kapatacağım! Zaten kapalı ayakkabı giymişim, ojeler yarım yarım olmuş, ayaklarımı nerden tutsan elinde kalır şu anda. Memelerini çek gönder deseydi daha az şaşırırdım. Belki de gönderirdim.

Ayrıca yaz günü ince çorabın adını duyunca bile terliyorum. Tenime değen ve tamamını saran hiçbir şeyden bahsetmek bile istemiyorum. Hatta bir kez daha ince çorap derse pişik olabilirim.

Evine gitmekten sadece ayaklarımı korumak için uzak duruyorum. Ayaklarımı rahat bırakacağına dair söz verirse koşarak giderim.

Sürekli, "Bunda garipseyecek ne var?" diyor, garipsemeyecek ne var asıl!

Kışın ayaklarım beyazdı mesela, lekesizdi. Şimdi çingene ayağı gibi, kapkara, çirkin, kuru... ve böyle bir çift ayağın peşinde olan yakışıklı adam... İnanılır gibi değil.

Bertan

Ayak fetişisti olmak ne zamandan beri garip sayılıyor anlamadım. Ben şimdiye kadar hayatıma girmiş olan bütün kadınların en çok ayaklarıyla ilgilendim. Herkes de buna bayılırdı. Şu an Renda hanımın verdiği tepkileri de kimse vermedi. Hayır, anlamıyorum, memeye popoya düşkün olsam daha mı rahat edecekler, ona sapık buna iğrenç, bu Kezbanlıkla nereye kadar?

Bugün Bertan günü!

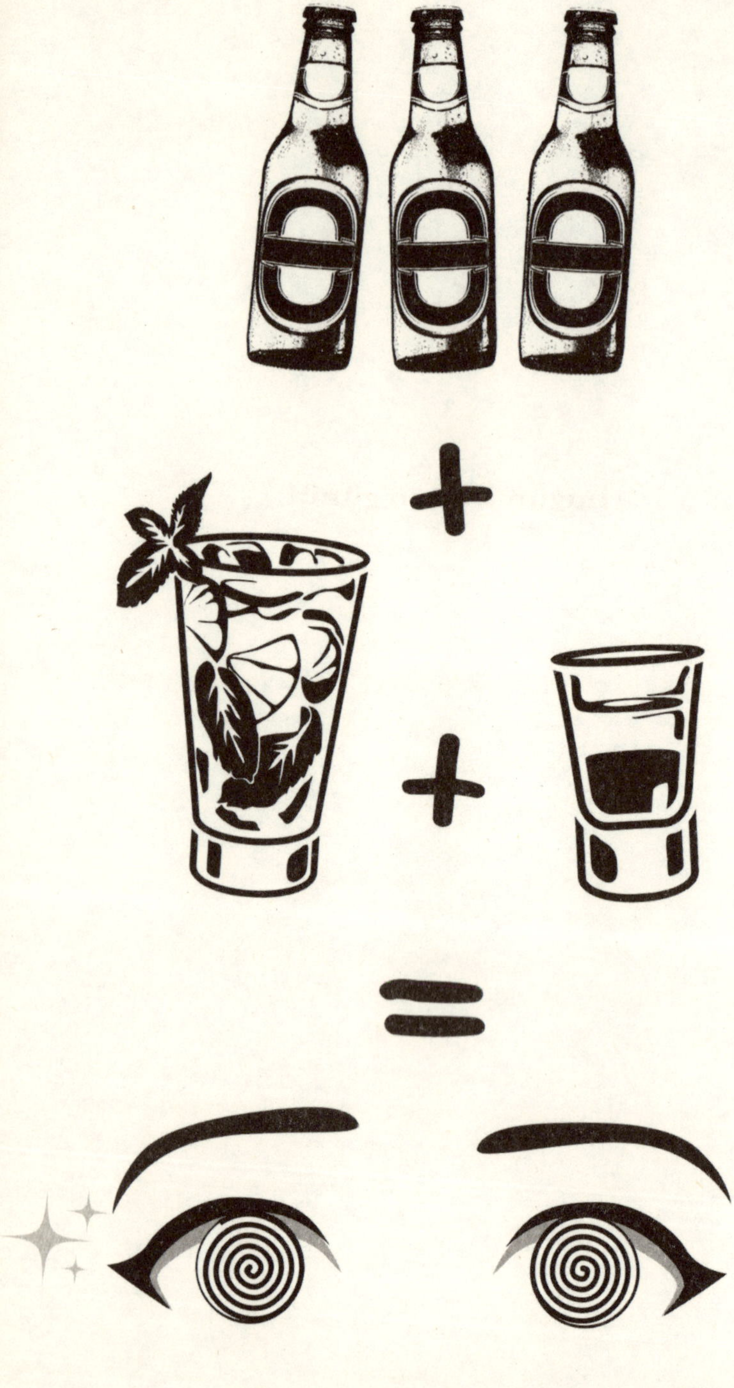

Birkaç gün önce, en son davetini de kabul edemeyince, "Cumartesi günü bu davetime icabet etmeni rica ediyorum." dedi. O böyle soylu soylu konuşunca kendimden geçtim. Hayatımda ilk kez davete icabet etmek fiilini kullanan biriyle karşılaştım ve bunun şerefine ona gitmeye karar verdim.

İlk iş kuaförden randevu almak, ikinci iş cumartesi akşamı plan yapmak oldu. Manikürcüm süper komik ve saf bir kız. Kendisini kocasına saklıyor, seks muhabbeti yapabildiği söylenemez. Bana erkeklerle birlikte olan kötü müşterilerinden bahsedip duruyordu önceleri. Sonra seks aslında önemli bir ihtiyaç, dedim ve biraz kafası çalışır gibi oldu. Bu kez de o ara sevgilisi olan hıyara bekâretini vermeye karar verdi. Yahu amma salak bu da, ihtiyaç dediysek ekmek-su demedik, çok acil karşılanması gerek demedik, düzgün adamı bekle bari.

Her gidişimde onun aşk hayatını dinlerdim ve saatler su gibi akıp giderdi ama bu kez söz sırası bendeydi...

"Güzel yap lan, adam ayak fetişisti!"
"Ne? Ne demek o?"
"Yani işte ayaklar onu tahrik ediyor falan..."

Ellerinde ayaklarım vardı, oje sürüyordu. Parmaklarımın aralarına başparmağını sokarak yılın cümlesini kurdu...

"Buralara mı sokuyor yani?"
"Iyyy yaa ne iğrençsin tabii ki hayır!" Gerçekten kusacak gibi oluyorum. Ne yazık ki o an gözümün önünden uzun süre gitmeyecek. Parmaklarımın arası mı? Öğhh!

Ne renk oje süreceğimizi bilmediğimizden, kırmızıyı sürdük gitti... Sıra kızlarla plan yapmada... İki arkadaşımla olmaya karar verdik.

Bu havalı erkekler erkenden buluşmuyorlar çünkü ergen gibi, zaten o gün de konseri varmış, geç saatte buluşalım dedi. Kızlarla olmaya kadar verdim ki, geç saate kadar eğlenebileyim, ekilirsem de üzülmeyeyim. Ekilmezsem de biraz içmiş halde giderim hem, heyecan falan olmaz.

Allahım, yıllardır beklediğim adam o gece benim mi olacaktı acaba?

Kızlarla buluştum. Ne içeceğimi şaşırdım. Canım bira içmek istiyordu ama ağzımın bira koktuğunu düşünsene, "Evet ben beş parasızım" demenin bir başka yolu. Bu adam zengin bir de kesin, öyle bir hali var. Tamam çok kazanmıyor ama bunda tam aileden zengin tipi var. Buna mojito kokarak gitmek lazım. Yine cin gibiydim, önce 3 bira yuvarladım, sonra 1 shot ve en sonunda da kokusu kalsın diye mojito.

Yalnız tek bir damla daha içersem oracıkta bayılacaktım. Kafam çok güzeldi ve dakikalar geçtikçe alkol etkisini daha çok gösteriyor sanki... Kızlarlayken arada bir Whatsapp'tan konuştuk Bertan'la... Gelecekti beni almaya ama her an iptal edecekmiş, gelmeyi unutacakmış, daha önemli bir işi çıkacakmış gibi tedirgindim. Kendimi eve gitmeye hazırlıyor, üzülmeyeceğimi garantilemeye çalışıyorum. Bir yandan da başkalarıyla da yazışıyordum ki o gelmezse kafamı dağıtacak birileri daha olsun etrafımda... Ama geldi.

Araba beni bekliyordu, gittim. Arabalardan pek anlamam ama orta sınıf bir modeldi sanırım, tipinden belli. Üstelik temiz de değildi, bu adam galiba pek zengin değilmiş...

Yolda, "Bak yolu öğren geleceksin yine" dedi. Beynim uyuştu bir anda, beni geri mi gönderecekti evime? Yolu mu öğrenecektim? Pes!

Bana bunu söylediğine mi yansam, bana bunu bu kadar geç söylediğine mi yansam bilemedim, nerden aklımda tutacağım ben bu kadar yolu, başını da kaçırdım...

Neyse ki birkaç saniye sonra anladım ki, ev ziyaretleri sıklaşacağından, evine giden yolu öğrenmemi istiyormuş. Sevindim hemen. Ama bu kadar hızlı duygu değişimi yaşamaktan hiç hoşlanmadım açıkçası. "Yazarsın açık açık, ben de kaydederim adresi, öyle hep gelirim, olmaz mı?" dedim sevimli sevimli. Güldü. Bazen tatlı dilliliğin bokunu çıkarıyorum, ilkokul çocuğuna söyler gibi tane tane söylüyorum, tatlı dillilik bu değil, bu bir tür zekâ geriliği bence.

Evine vardık. Beni kapının önünde indirdi, kendisine güzel park yeri bakmak üzere uzaklaştı. Kapıda durup arkasından baktım. Büyük ana belki de dakikalar kaldı, heyecanlandım... Alkol böyle zamanlarda iyi bir şey, heyecan falan uzun süre kalmıyor... Park yeri bulamamış olmalı ki, orta sınıf arabasıyla bana doğru geldi. Arabayı duvar kenarına park etti, öyle sıfırladı ki, benim oturduğum koltuğun kapısından sincap gibi zıplayarak çıktı. Bu adam zengin olmadığı gibi cool da değilmiş. Bu adam, bildiğin, bir sincapmış.

Apartman kapısını açtı. Tam yukarı çıkacakken kapıya komşusu çıktı, ben de bir anda parmaklarımın ucunda yukarı çıkmaya başladım, sanki görülmemem gerekiyormuş gibi. Bunlar da saçma sapan lafa daldı. Utanmasalar tavla atacaklar aşağıda.

Sonra Bertan, "Rendacım, kusura bakma geliyorum hemen..." dedi. Rezil etti beni. Alt komşusu Renda ile sevişeceğini anladı. Ve arkadan gelen bir kız sesi... Demek ki alt komşusu da biriyle sevişecek. Ve duyduklarıma inanmak istemedim! Alt komşu, "Müsaitseniz yarım saat oturmaya geliriz, bir şeyler içer laflarız, uzun zamandır konuşamadık." dedi. Ulan şimdiyi mi buldun konuşmak için baykuş kafa! Benimki de "Tamam" dedi, ne desin, sonra yukarı geldi, benden af diledi. "Önemli değil" dedim ben de, ne diyeceğim...

Sonra alt komşu geldi, saatlerce gitmedi. Yanındaki kızla sevişecekler, yanımızda ön sevişme tamamlandı. Yahu gitsenize evinize diyen yok, sürekli öpüşüyorlar, sürekli sarılıyorlar, sürekli halleniyorlar birbirlerine, ikisinin de aklına gitmek gelmiyor... Sıkıntıdan öldüm! Zaten benim şu hayatta başıma en çok gelen şey budur. En önemli anda gelen yakın arkadaş, alt komşu, aileden biri... Bir de asla gitmezler. Beni deli ederler...

Sonunda gittiler, sincap Bertan'la ben baş başa kaldım. Her şey hayal ettiğimden çok farklı. Evi nerdeyse öğrenci evi, ayağındaki ayakkabılar eski, ev dağınık ve pis. Adam bildiğin derbeder... Hiç böyle hayal etmemiştim... Ama tuhaf olan şey şu: Bu adam bu haliyle bile çok çekici. Kimseyle ilk öpüştüğüm anı unutmam ben, belli ki bunu da unutmayacağım...

Evde mangal gördüm bir anda, sarhoş ve hevesliydim:

"Aaa mangal! Ben mangalı çok severim, bir gün mangal yapar mısın?"
"Senin için her şeyi yaparım!"
"Gerçekten mi? Mesela neler? Saysana!"
"Köfte..."
"Köfte mii? En sevdiğim yemek köftedir!"
"Şapşal!"
"Pilav"
"Pilav yapma istemem"
"Makarna"
"Makarnayı hiç sevmem"
"Çin tavuğu"
"Yihhhuuu! Yapar mısın gerçekten?"

Bunu derken yerimden kalkıp ona sarıldım. O da bana, ikimizin de sarılmasından şunu anladım, saatlerce zor bekleyen sadece ben değilmişim.

"Pilav ve makarna sevilmez mi?"
"Sevilmez, popoma yerleşiyor onlar!"
"Popona mı? Onların yaptıkları gibi bakabilir miyim ben de seninkine?"

Akşamki çift ön sevişmesini tamamladı demiştim ya, adam yanımızda kadının poposunu sıktı. İkimiz de o anı kaçırmamışız demek ki.

Tabii ki bakmasına izin verdim, sonra öpüştük. Sonra da seviştik. Kedi gibi, sevilmekten çok hoşlanıyordu. Ben de sevmeye bayılıyordum. O okşanmayı seviyordu, ben onun kadife tenini okşarken onu uyutup sonra da uyuyakalıyordum. Ve sabah olmuyordu. Yarımşar saatlik tavşan uykuları ve uyanıp onu zorla öpmeye çalışmalarla saatler geçiyordu. Ama sabah olmuyordu işte. Bir daha hiçbir erkekle cumartesi gecesi sevişmeyeceğim. Pazar uykusundan başka bir şey düşünmüyorlar.

Aslında, o kadar büyük konuşmaya gerek yok, bir sonrakine yanıma kitap, dergi falan alırsam bu işi halledebiliriz.

Ertesi gün korktuğum gibi olmadı. Korktuğum şey, ilk kez başıma gelmesi olası şey, ertesi gün umursanmamak. Öyle olmadı pek. Adamı her fırsatta sıkıştırıp sevip öptüm. Hiçbir şeye itirazı yoktu. Sevdikçe mutlu oluyordu. Bu adam galiba bir kedi.

Kahvaltı yerine Çin yemeği yedik.

Sonra saatlerce maç programları izledi. Tek kelimesiyle ilgilenmedim. O TV'ye baktı, ben ona.

Âşık değilim, hoşlanmıyorum da. Yanında olmayı galiba çok sevdim.

Ya da belki bu bir eziklik. Sadece onun yanında olmayı sevmek, çok tek taraflı.

Bir de bazen, ilk görüşme, ilk sevişme, ilk öpüşmeden itibaren sevgili olursunuz. Bunu ikiniz de bilirsiniz ya, o hiç olmadı aramızda. İkimiz de olmayacağımızı bildik. Sonra ben eve geldim, o da arkadaşlarıyla buluştu. Sonra ben hep onunla olduğum anları düşündüm ve o hiç yazmadı. Belki de içten içe sevgili olmayı istedim, bilmiyorum.

Bertan

Renda, hayatımda tanıdığım en şirin ve en komik kızlardan biri. Arkadaşımla kız arkadaşı geldiğinde domuz gibi baktı yüzlerine ve hiç yüz vermedi onlara, gitmeleri için karşılarında ağzı yırtılana kadar esnedi. Ama arkadaşlarım hep neşeli tiplerdir, özellikle gitmediler. Ama bunu sadece üçümüz biliyorduk, Rendacık heyecandan dakikaları sayıyordu.

Kabul ediyorum büyük vicdansızlık! Ama sonuçta olacak olan şeyi ikimiz de biliyorduk, bu kadar heyecanlanmanın manası yoktu... Kızların bu ilk buluşma günü giydikleri şeyleri incelemeyi seviyorum. Renda da çoğunluk gibi yeni giysilerle gelmişti. Hatta öyle ki, atletinin arkasında etiketin plastiği kalmıştı. Tabii ki gördüğümü belli etmedim...

Ertesi gün Renda tombiğinin karnının gurultularıyla uyandım. Eminim köy kahvaltısı çekiyordu canı. Ama uzun uzun kahvaltı yapacak enerjiyi kendimde bulamadım açıkçası, Çin yemeği söyledim, geldi. Yedik ve ayrıldık.

Bir daha buluşmak mı? Olabilir.

Sevgili olmak mı? Ben ilişki adamı değilim...

"Keşke ben uyurken gitseydin"

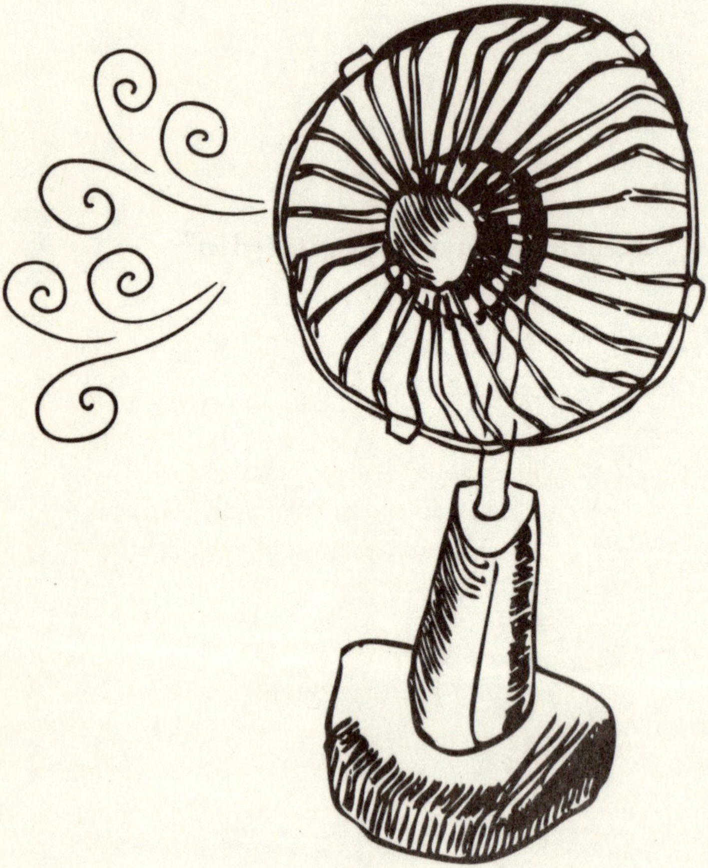

Bertan ayısından n'aber? Beni sinir etmekle meşgul...

İstediğim kadar ilgilenmiyor benimle, yeni albümleri çıkacak, sürekli stüdyodalar... E, tamam ama insan konuşmak isterse konuşur. İki kelime araya sıkıştırır, döner işine yine çalışır. Bu erkekler bunu asla anlamayacak galiba...

Günler geçiyor, ben bozuluyorum. Bir de birlikte olmak onu da mutlu etmiş ki sürekli yeni planlar peşinde koşuyor. Stil hep şu: Akşama kadar arama sorma mesaj atma yok, akşam yazdığım şeye iki kelime cevap vermek var ama kendiliğinden yazmak asssla yok, gece de hadi şurdayım gel diye aramak var. E be güzel kardeşim, sen bana gel dediğinde ben uyumaya hazırlanıyor oluyorum. Akşama kadar yazmadığın için sinirden ojelerimi bozmuş, yüzümle oynamış, sivilce falan sıkmış oluyorum. Tabii ki sürekli banyoya girip fönlü saçlarla dolaşmıyorum evde. Gecenin bir yarısı gel demek ne?

Yo yo, o kadar cool olamadım henüz. Ayrıca ertesi günler hep iş var, gece sana gelirsem ordan işe nasıl gideceğim acaba? Ne halde? Hangi araçla? Bunları düşünmek yok... Bu sanatçı milletiyle normal işte çalışan insanlar birlikte olamaz ki zaten...

Birkaç gece buluşmasını atlattıktan ve çeşitli bahaneler ürettikten sonra ben de özledim ben de! Sonunda ikinci buluşma için yollara düştüm. Bu kez gecenin 12 buçuğuydu ve ben taksideydim. Taksici sarhoş olduğumu zannedip taksimetreyi sıfırlamadı. 3 dakika sonra kavga ederek indim. Ama gecenin geri kalanına dair inancım tamdı...

Bizimki arkadaşındaydı. Önce onu alacaktım, ordan da ona geçecektik. Sanki bu ilişkideki erkek benim, kız o. Arkadaşının kapısından aldım, taksiye geldi. Çok özlemişim... Âşık değilim ama bu ağır bir hoşlanma sanırım. Sanırım artık onu, "Biz neyiz?" diye darlamaya başlayacaktım...

Neyse ki o da beni çok özlemiş. Eve girer girmez seviştik. Hayatımdaki en arzu dolu sevişme buydu sanırım. En son hatırladığım şey orgazm olmaktan kahkaha atarak ağlıyor oluşumdu. Bu adam bana kafayı yedirdi galiba...

Gecenin geri kalanı bir Bertan klasiği, uyku! Bu kez sürekli benimle temas halinde uyudu. Ya elimi tuttu ya bacağımı. Eli değilse de ayağı ayağımın dibindeydi... Artık bana dokunmadan duramadığına göre hayal kurmanın vakti gelmişti...

Evlenirsek bu evde yaşamazdık. Çünkü buraya ben sığmazdım. İki katlıydı falan ama resmen bir bekâr eviydi, yine bu çevrede, denize yakın olurdu evimiz. Kredi çeker, zamanla da öderdik, zengin de değilmiş ya zaten, neyse, omuz omuza halledeceğiz artık...

Öyle hemen çocuk yapmayız desem de bu adam hemen ister kesin, yaşı geçiyor çünkü. Gerçi bu evlenirse de boşanmaz, yaşasın! Seçkin Piriler'in anlamsız duruşu gibi olmaz tabii benimki, tam bir rock dinleyen dişi imajı yaratırım. Cool kadın olurum. Hem ben sarışın da değilim zaten cuk oturur bana...

Ona bakıyorum, yazın ortasındayız diye vantilatörü açmış ve hiçbir yeri tutulmasın diye de yorgana sarınmış. Sadece yüzü görünüyor, geri kalan yer yerini kapatmış, dümdüz yatıyor. Ölü gibi.

Hayal kurmam bitti, bu ev pis, ayakkabılarımı giyerek dolaşmak zorunda olmasam şimdiye evin her yerini karıştırmıştım. Ama ayakkabılarım ayağımı vurduğu için giyemiyorum, yatağa bağlanmış haldeyim.

Bertan'ı öpücüklere boğmaya karar verdim... Ama bu pek romantik kliplerdeki gibi olmadı. Adam sinek kovar gibi hareketler yaptı eliyle, yanında benim olduğumu unuttu galiba, kafama bir tane indirdi ve hemen uyandı.

Gözlerini sonuna kadar açıp, yorgana biraz daha sarınıp arkasını döndü ve uyumaya devam etti. Sanırım biz "fuck buddy"yiz.

Bertan

Bu kız iyi, güzel, seksi falan da biraz fazla romantik. Sürekli ayağı ayağımın dibinde, elim nerdeyse eli orda, sürekli sarılarak uyumak için fırsat kolluyor. Biri şuna erkeklerin neleri sevmediğini söylesin. Ya da ben yazayım direkt:

1- Uyurken yapışık olmak zorunda değiliz, sana sarılacağım diye kolum mu uyuşsun? Yorgunum, dinlenmek ve uyumak istiyorum, anlamıyor musun?

2- Uyurken temas halinde olmak zorunda da değiliz, zaten sıcak, görmüyor musun bebeğim, öteye git!

3- Öperek uyandırmak, benim kadar derin uyuyan birine yapılmaz. Çünkü yüzün burnumu kapatıyor ve nefes alamıyorum, boğulduğumu zannederek uyandım. Ayrıca bu romantizm biraz fazla değil mi? Keşke ben uyurken gitseydin... Akşama kadar uyudum ama sabrettin, helal olsun.

Galiba âşık oldum!

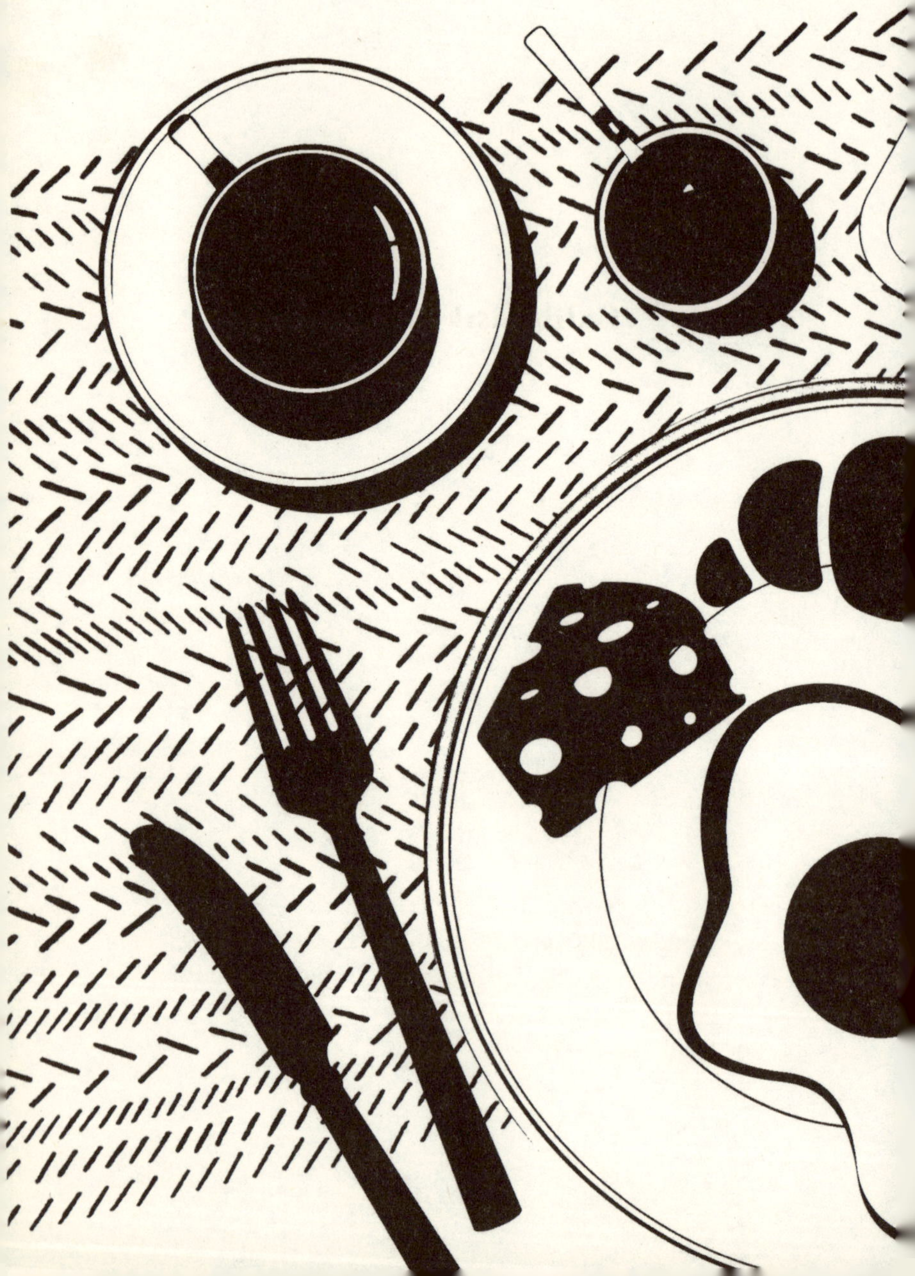

Ben galiba âşık oldum. Hiç olmayacak derken, kimseye olamıyorken hem de... Hem de Bertan'a!

İkinci görüşmemizden sonra olan biteni kızlara anlattığımda, "E, siz sevgilisiniz?" dediler. Herkes el ele uyumayı çok romantik buldu. Hepsi beni fark etmeden gazladı ve sevgiliyiz sandım. Sonrası zaten telefon beklemek, Whatsapp'ın başından ayrılmamak...

Bertan yine aynı Bertan'dı. Hiçbir şey söylemedi, yazmadı, aramadı, sormadı... Yine arayan ben oldum. Yine ben merak ettim...

Aradığımda sanki benden telefon bekliyormuş gibi açıyordu telefonları. Bir neşeli, bir sevgi dolu, mutlu oluyordum... Ama şunu da anlıyordum, biz sevgili olmayı bırak, sevgili olma yolunda bile değildik...

Sonrası regl önceme denk geldi. Delirdim. Sarhoşken yazdığım şeye cevap vermediği için de uyumadan önce epey söylendim...

"Bir daha bana asla ama asla yazma, arama, sorma. Eğer senin istediğin zamanlarda konuşup görüşeceksek ben zaten böyle bir şeyin içinde yokum, istemiyorum."

Bakmadı bile. Benimleyken de telefonlarına hiç bakmıyor. Bir üst kattaysak telefon alt katta kalıyor. Demek ki şimdi de başkasıyla. Başkasıyla ne işi var? Beni çağırsaydı giderdim!

Ertesi sabah uyandım, Whatsapp'ı açtığımda onun sayfası çıktı direkt. En son ona söylenmiş ve sızmışım. Yazdığım şeyi okumaya bile tahammül edemiyorum, sarhoşken yazdıklarımdan, söylediklerimden ve yaptıklarımdan gerçekten çok utanıyorum. Hemen sildim. Aklıma geldiğinde de savuşturdum. İçimden şarkı söyledim. Hepsini bastırdım. Ama bu ancak 1 saat sürdü.

Sonra Bertan yazdığım şeye cevap verdi:

"Gece mesajını okuduğumda, yatağa sürünerek gidiyordum. Onları görmemiş sayıyorum. Ne sen yazdın, ne ben okudum."

İçime bir sıcaklık akmadı değil. İçimden Tarkan dansı yaptım, tek ayak havada sallanarak sola, diğer ayak havada sallanarak sağa. Ve rahat durmadım!

"Hayır, haklıyım. Yazdığım şey de doğru Bertan, böyle bir ilişkinin içinde olmak istemiyorum. Bunu hak etmiyorum.."

"Birincisi, bunlar Whatsapp'ta konuşulacak şeyler değil Renda. İkincisi, ben bir ilişki düşünmüyorum. İlişkiye uygun bir hayatımın olmadığını sen de görüyorsun zaten."

Ben de görüyordum evet, hem zaten ilişkimin olmasını da istemiyordum onunla, iyi bir sevgili olamayacağı apaçık ortadaydı, ama istemeyen o değil, ben olmalıydım. Bu yüzden biraz bozuldum.

Bu ilişkiyi anlattığım arkadaşlarımdan hiçbiri gerçekleri söylemiyordu. Zaten hepsi kız; biri ölümüne platonik, biri ben kırılmayayım diye üzerime titrer, birinin de benimkinden beter bir adamla yürüyemeyen bir ilişkisi var. Erkeklere sorayım desem, hepsi sırf ibneliklerinden "adam seni istemiyor kızım, baksana, isteyen insan her şeyi yapar, olmayanı oldurur, arar sorar." der.

Tamam, evet, beni o kadar da istemediğinin ben de farkındayım ama başka çarem yok. Başka kimseye ilgi duymuyorum. Başka biri olmadı, olamıyor, ben hiç de romantik olmayan bir şekilde Bertan'a mecburum.

Bu konuşmamızın üzerinden haftalar geçti. Arar dedim, aramadı, dayanırım dedim, daha fazla dayanamadım ve bir gün aradım.

Artık havalar soğumuştu, balkon sefası yapamayacaktık evet ama sadece uyumak bile iyi gelecekti. Telefonu her zamanki gibi açtı, uzun zamandır aramamı bekliyormuş gibi, mutlu, heyecanlı…

Çok sarhoş olduğum için ne konuştuğumu tam olarak hatırlamıyorum. Ama özledin mi beni diye darlamış olduğumdan eminim. Telefonu kapattığımda mutlu olduğumu da hatırlıyorum. Görüşme planı yapmıştık, 2 gün sonraydı. Ama bunlar yeni albümlerini çıkarmak üzere oldukları için sürekli toplantı ve çalışma halindeydi. Ulan sen basçı değil misin? Senin neyine toplantı? Diyemiyordum tabii. Konser hazırlığı, provası herhalde diyerek sakin kalmaya ve onun adına bahane bulmaya çalışıyordum...

Görüşme günü geldi. Ne giyeceğim konusu gerçekten içinden çıkılmaz bir hal aldı. Onun istediği ince çorap ve stiletto, benim istediğim dolgu topuk bir bot ve akşamları serin serin estiği için daha kalın çorap (bacaklarımı olduğundan ince gösteren, mümkünse). Simsiyah giyindiğimi söylememe gerek yok sanırım, adam incecik olduğu için anası gibi kalmak istemiyorum yanında. Hoş, kim görecek diye sor bir? Gecenin 12'sinde onun evine gidersem beni en fazla taksicim görür. Onun da yanında ruj tazeleyemiyorum, parfüm sıkamıyorum bu saatlerde yolculuk edince, işe çıkan bir hayat kadınıymışım gibi hissediyorum çünkü.

Ona gitmeden önceki vakti arkadaşımla sinemaya giderek geçirmeye karar verdik. Dandik bir Türk filmini seçtik. Maksat romantizm yaşamak, biraz ağlamak, aslında havaya girmek...

Ama filmden çıktığımda ilk düşündüğüm, adama bu filme gittiğimi söyleyemeyeceğim oldu. O kadar meraklı ki, her şeyi tatmin edici bir cevap alana kadar soruyor. Çok soru sorduğu zamanlarda benimle ilgilendiğini düşünüyorum. Seviniyorum. Bir yandan da verilebilecek en cool cevabı düşünmekten yıpranıyorum, eskiyorum.

Neyse, taksiden indim, kapısını çaldım, yukarı çıktım ve karşımdaydı artık. Haftalar süren özlem, telefona bakıp konsantre olunca arayacağına dair inancım yüzünden harcadığım saatler, kimseyi görmeme, kimseye bakmama, kimseyi böyle arzulamama... İşte hepsi bu karşımda duran geri zekâlı yüzündendi. Küçük çocuklar gibi birbirimize bakıp sırıttık. Yaklaşınca öpüştük. Çok özlemiştim. Çok.

Eskiden bir sevgilim bana, "Öyle çok özlemişim ki, sarılınca titriyorum" demişti, çok kurcalamamıştım ama mutlu olmuştum. Şimdiyse ne dediğini anlıyorum. Sarılırken titriyorum. Hissediyor mu acaba? Acaba o ne düşünüyor?

Beni özleyip özlemediğini sorduğumda genellikle cevap vermiyordu direkt olarak. Daha çok "özlemesem bu yoğunlukta seninle görüşür müyüm?" gibi cevaplar veriyordu. Duyan da gündüz yemek- sinema yapmışız, toplantılarını iptal etmiş benim için zanneder. Gece uyku vakti geliyorum, ben gelene kadar uyuyakalıyorsun, uyanman için 5 dakika boyunca dua etmeden de uyanmıyorsun. Özlemesen görüşmezsin mi? Ne yapıyorsun acaba özleyip de?

Bunları söyleyemiyordum. Onu sıkmaktan korkuyordum. Kaybetmek istemiyordum. Çok heyecanlanıyordum. Beni sevmesini seviyordum. Oturduğum koltuğa, yanıma geldi. Gülümsüyordu. Kendimi beyaz havlu çorap ve beyaz lastikli donunu üzerinden çıkarmayan ayı tarafından eve atılmış masum liseli gibi hissediyordum.

Bana âşık olmasını her şeyden çok istiyordum ama bunu sağlayacak gücüm yoktu. Sanırım erkek arkadaşlarım sandığım kadar karamsar değil, gerçekçiymiş. Kız arkadaşlarımsa süzme salak... Bu adam beni sevmiyor. Bu adam beni ne yapsın?

"Ne düşünüyorsun?"
"Yoo, yok bir şey... Gözüm dalmış. Anlat bakalım nasıl gidiyor? Neden aramadın beni hiç?"
"İnanılmaz bir yoğunluk Renda, bitmiş haldeyiz. Uzun zamandır bu kadar yorulmamıştım, görüyorsun yattığım yerde uyuyakalıyorum, hiç enerjim yok, ne kendime, ne başkasına."

İnandım. Gerçekten çok yorgun görünüyordu. Peki ama bana karşı hiç mi bir şey hissetmiyordu bu, hâlâ anlamadım. Keşke söylese doğru düzgün, ben de bilsem. Üzülürsem üzülsem, sevinirsem sevinsem ve kafamda artık soru işareti kalmasa.

Biraz üzüldüm, biraz da buruldum. Sonra seviştik. Sonra sarıldık. Sonra uyuduk. Onun yanında ilk kez uyuyabildim. Önceleri gözlerimi dinlendiriyor gibiydim. Yorgun uyanıyordum. Aslında hep uyanıktım, hiç uyumuyordum ki...

Bu kez sıkı sıkı sarıldı bana uyurken. Kokum üstüne sinmişti. Güzel kokuyordu, göğsünde uyudum. Kafamı boynuna yerleştirdi ve kendi kafasını da benimkinin üzerine koydu. Öyle güzel sarılıyordu ki, yanında öyle mutluydum ki...

Hayatında başka bir kadın olmadığından emin oldum. Her gidişimde daha da yakınlaşıyorduk, her seferinde daha özel hissettiriyordu bana kendimi. Aslında çok bir şey yapmıyordu ama ufak şeylerden zaten anlıyordum. Ben galiba fena âşık oldum.

Ertesi gün uyandık ve bana ilk kez sabah şebekliği yaptı. Bu kez kaşları çatık olan bendim. Birlikte kahvaltı hazırlamadık bu kez, o eksikleri almak için markete gitti, ben o yokken masayı hazırladım, çayı demledim. O fark etmemişti belki ama iyi bir takımdık. O sabahın her bir saniyesi huzurdu. Her anı. Her anında sevildim, yanından hiç gitmek istemedim.

Bu kez de beni gideceğim yere kadar bırakıp ayrılırken de dudağımdan öptü. Ergen kızlar gibi olacaktı ama durum değerlendirmesi şarttı.

Kızlara tek tek durumu yazdım.

-uyurken sıkı sıkı sarıldı
-beni özlemişti
-parfümün çok güzel dedi (ilk kez)
-sabah beni güldürmeye çalıştı
-bana evi bırakıp alışverişe gitti ve birlikte kahvaltı hazırladık
-ayrılırken yine dudağımdan öptü

Semra: Bence bunlar güzel gelişmeler, adamın çok üstüne gitme sen de, biraz sabret, bak gün geçtikçe daha da yakınlaşıyor.

Dilan: Yaaa siz sevgili olmuşsunuz ama? Çok tatlı şeyler bunlar hep!

Pelin: Uf ya benimki de böyle, anlamıyorum hâlâ, adamla 1 yılı devirdik, hâlâ neyiz bilmiyorum.

Sonuç:

-Anladığım kadarıyla fak badi'yiz ama o kadar da fak badi değiliz.
-Fak badi'ler sarılmaz.
-Sadece seks yapıp ayrılırlar.
-Ertesi gün kahvaltı yapmazlar.
-Halka açık yerlerde gündüz vakti öpüşerek ayrılmazlar.

Belki de yapmaz, olmaz dediğim her şey olur, hiç fak badi olmadım kimseyle. Ama mutluyum. Aramazsa aramasın hem, ben ararım. Planım aylarca bunu eğitmek ve evlenmek. Evlenirsem de sadece zafer kazandığım için mutlu olurum artık. Çünkü bu adamla bir ömür geçmez. Çünkü ne kadar âşık olsam da kötü yönleri gözden kaçacak gibi değil...

-müşkülpesent
-karamsar
-dalgacı
-düşüncesiz
-duygularını ifade etme özürlüsü

Böyle bir adamla evlenirsem birinci ayımızı kutlar, tak sepeti koluna herkes kendi yoluna der, adamı evden kovarım herhalde. Olamayacağını bile bile istiyorum. Bu son görüşmemizin üzerinden tam üç hafta geçti. Ve beni hiç aramadı.

Ben de iki kez aradım zaten. Görüşemedik hâlâ, ne zaman görüşeceğimiz de belli değil, albüm henüz çıkmadı ama konserleri sürüyor. Konserlere hiç davet edilmediğimi söylememe gerek yok sanırım.

Bertan

Renda çok tatlı. Ona yetemediğimin farkındayım. Arayamıyorum, soramıyorum ama aramızdaki her şeyin onun sabrı sayesinde olduğunun farkındayım. Çok değerli, en çok da bana katlandığı için. Ben oldum olası duygularımı belli edemem, aklıma gelmez, utanırım bir de. Ama anlıyordur herhalde o da, hoşlanmasam yanımda işi ne?

Geldiğinde sırtımı ezdiriyorum ona. Hayallerindeki romantik buluşmalar gibi değil, biliyorum, eminim hayatındaki hiçbir erkeğin ona böyle şeyler yaptırmadığından ama yorgunum, istediğim şey sırtımın ezilmesi. Renda da biraz balıketli olunca kaçırmıyorum elimden.

Sırtımda olduğu anlarda ben uyukluyorum, o sürekli konuşuyor. Ne söylediği hakkında hiçbir fikrim yok. Ama yanımda olmasını seviyorum. Kokusu çok güzel, geldiğinde eve çeki düzen veriyor, kalktığımızda yatağı düzeltiyor, bulaşıkları makinaya dizip geri kalanları elinde yıkıyor ve bunları ben söylemeden yapıyor.

Aslında kız kafasıyla düşününce, evliliğe ne kadar uygun ve hazır olduğunun sinyallerini veriyor olabilir ama ben hiçbir zaman evlenmeyi düşünmedim zaten.

Aramaya fırsatım olmuyor hiç. Ben de yaratmıyorum sanırım. Ama merak etmiyorum, hep gözümün önünde, internette her yerden ekliyiz zaten birbirimizde. İyi mi kötü mü, hasta mı sağlıklı mı, ne zaman nerede hepsini biliyorum. Düşünmüyor değilim, düşünüyorum onu. Ama zaten onun sandığı gibi değil hiçbir şey, gözden ırak olmayınca gönülden de ırak olmuyor ki kimse. O yüzden belki de hiç ihtiyaç duymuyorum sormaya...

Geçen gün yine statülerinden birine mesajlaşmayı ne kadar sevdiğini yazmıştı. Sadece bunun için bile anlamsızca bütün gece onunla mesajlaştım. Uyumadan önce de kayıtlı konser görüntülerimizden birinde, onun da gözüktüğü yerleri birkaç kez izledim. Görmek istedim.

Evet, âşık değilim ama bomboş da değilim, yanında çok mutluysam âşık olmaya çok da gerek kalmıyor zaten...

Semra-Dilan-Pelin: O salak Bertan, Renda'yı sevmiyor, ilgilenmiyor ve onu sadece "fuck buddy" olarak görüyor.

Günaydın, gittim ben!

diyet = 🥗 + 🍰
     salata   tatlı
              (ödül)

Bertan bir mankafa.
Bir öküz.
Bir deve.
Bir ayı.

Bense gerçek bir salağım. Başlarda güzel vakit geçiyoruz ve ilişki yaşamamıza da gerek yok derken birden ona âşık oluverdim, salak gibi. O bir seks ilahı. Ama sadece bu kadarla kalsaydı âşık olmazdım. Beni çok seviyor. Her dediğime gülüyor, somurttuğumda beni güldürmeye çalışıyor, ertesi gün kahvaltılarımız çok eğlenceli, hayat onunla çok güzel. Tüm bunlar birleşince de ona son gidişimde evinden extra extra âşık olmuş halde çıktım.

Arabeskçileri çok daha iyi anlayabiliyordum. Aşkımı dağlara yazar, gözümü kırpmaz, yakardım çünkü. Aşk başka şeydi. Herkese anlattım. Otobüste yanımdakine bile anlatmak geldi içimden, alnımda "ben aşığım" yazsın istiyordum, herkese, her canlıya onu anlatmak istiyordum.

Sevdiği şeyleri almaya, seveceği gibi takılmaya başladım ama küçük bir sorun vardı, onun tüm bunlardan haberi yoktu. Çünkü yine hiç aramıyordu, ben aradığımda da gayet normal konuşuyorduk. İlerleyen günlerde yeni albümlerinin lansman konserleri vardı.

Son görüşmemizde bana sıkı sıkı sarılıp yattığını düşünürsek, eskisinden çok daha yakındık artık, artık yerim yanıydı. Ve bu konsere kesin davet edilecektim.

Kızlar sürekli soruyordu, bir gelişme olsa zaten yüzüme dövme yaptıracaktım herkes öğrensin, artık konserlere vip davetliyim eş durumundan diye ama hiç ses yoktu Bertan'dan...

Konser akşamına, konserden 10 dakika öncesine ve hatta konser arasına kadar bekledim. Hiç ses çıkmadı. Gitmedim, beni aramadı. Beni istemedi. Kim bilir kimler davetliyken ben yoktum.

Küstüm, kızdım, kırıldım ve kabullendim. Ben tek başıma aşk yaşamış, kendi kendime de gelin güvey olmuştum.

Kuaför randevusunu ona gideceğim güne ayarlayamaya karar verip, bu kadar beklediğim için de, uzamış kaşlarım, bıyığım ve tırnak etlerimle hayal kırıklığına uğramış bir canavardım artık.

Konserin ertesi sabahı, her zamanki gibi TV karşısında kahvaltı yaparken, yıllardır izlemediğim magazin programına denk geldim. Dün gece büyük olay olan dünyaca ünlü sihirbazın gösterisine giden ünlüleri gösteriyorlardı. Sonra birden genç, güzel oyuncular geldi ekrana. Herkes dünyaca ünlü sihirbazın gösterisindeyken güzel oyuncular bir rock konserinden çıkmıştı. Çıktıkları konser benimkinin konseriydi.

Bu ünlüler, neden diğer ünlüler gibi dünyaca ünlü sihirbazın gösterisinde değil de, benimkinin dandik albüm lansmanındaydı? Ben zaten bu kızları bizimkilerin önceki konserlerinde de görmüştüm. Basçı erkekleri karizmatik bulurlar, bu kızlar yoksa? Yoksa?

Beynim uyuştu. Kıskanç değilim derken yalan söylüyordum. Kulaklarımdan alevler çıkıyordu, vücudumu sıcak basmıştı. Bu soğuk günde artık ben de üşümüyordum, rengim attı ve yatağın altına girip bu adamı unutmadan çıkmamaya karar verdim.

Ve uygulamadım. Telefonunu silmeye karar verdim. Nasılsa aramıyordu, ben de aramayacaktım. Böylece bundan sonra –eğer isterse– arayan o olacaktı. Çok iyi fikirdi!

Ve silmedim. Çünkü silmek kolaydı ama önemli olan iradeli olup da aramamaktı. Tabii ki iradeliydim, istemezsem aramazdım. Aramamaya karar verdim.

Ve hemen numarasını tuşladım.

"Aloooo?"
"Beni nasıl davet etmezsin?"

"Konsere mi?"

"Yok sıra gecesine. Tabii ki konsere. Lansman değil mi o? Nasıl ben olmam, ayıp bu yaptığın, senin yerinde ben olsaydım konser lafı çıkar çıkmaz seni davet ederdim"

"Tamam da, ben kimseyi davet etmem ki?"

"Ben kimse miyim?"

"Değilsin de... Şimdi senin tarafından düşününce, haklısın galiba, evet ama düşünemedim"

"Düşün Bertan. Onu da ben söylemiyim artık."

Şeklinde başlayan konuşma, sonrasında, "Özledin mi beni?" darlamalarıma, ordan da buluşma planlarına geçti.

Planımızı yaptık. Salı günü bir iş yemeğim vardı ve sonrasında ona geçecektim. Hem de en şık halimle. Özlemiştim, o güzel oyunculardan erkeğimi kurtaracaktım. Göbeğim var diye zayıf kızlara yakışıklı başçımı kaptıracak değildim. Ve internetten en iyi diyetisyenleri bulup birini seçtim. Yarından tezi yok, diyete başlayacaktım...

Pazar günü tek açık olan, Etiler'dekiydi. Pazartesi gününe randevumu aldım. Öğlen arasında gidecektim. Kendimi yabancı şişko Bridget Jones'a değil, kocasını karıların elinden kurtarmaya çalışan, hem seven hem döven, "Ne olacak şimdi?" filmindeki Perran Kutman'a benzetiyordum. Kıskanç, âşık, fedakâr ve savaşçı ruhluydum...

Pazar günü bizim kızlar bana bir şey sormadı. Anlayan anlamıştı, ben de utancımdan kimseye yazamadım zaten. Sadece kitap okudum ve Bertan'ı düşündüm.

Pazartesi sabahı uyandığımda Regl olmuştum. Bu şu demekti: Salı günü Bertan'la görüşülemeyecek.

Mesaj attım, cumartesi gününe erteledik. Öğle arasında ise diyetisyene gittim. Hayatımda ilk kez diyetisyene gittim ve zayıflayıp zayıflayamayacağım konusunda hiçbir fikrim yoktu. Yeni bir gardırop demekti zayıflamak, masraf demekti ama diğer yandan da karşıma o kadınları almak için güç toplamak demekti...

Diyetisyene regl olduğumu, tartılıp 67 kilo çıkınca söyledim. O 34 beden bacaklarıyla ve uzun boyuyla beni süzerken, "Peki, 1 hafta boyunca bana ne yediğinizi yazmanızı istiyorum Renda hanım." dedi. Oradan çıktığımda tam 250 lirayı bunu duymak, tartıldığıma pişman olmak ve spora yazılacağıma söz vermek için verdim sanırım. Diyetisyene ayda 4 kez gitsem maaşımın yarısını veririm. Yani bütün bir ay yemeğe vereceğim parayı aç kalıp diyetisyene verecektim. Umarım bir ayda 10 kilo verebilirim. Amin.

İş yerine gidip öncelikle kendime bir salata söyledim. Ve bunu da diyet defterime yazdım. Ardından da salata yediğim için kendimi çikolatayla ödüllendirdim. Nasılsa daha diyete başlamamıştım...

Kızlara, diyetisyene gittiğimi söyledim. Sanırım herkes umutsuz bir âşık olduğumu beynine kazıdı.

Cumartesi gününe kadar günlerim yemek-içmek ve yazmakla geçti. Cumartesi sabahı uyandığımda içimde kötü bir hisle telefonu elime aldım. Bertan upuzun bir mesaj göndermişti.

"Renda günaydın. Sabah söylemek istedim sana, akşam büyük ihtimalle iptaliz. Albüm yeni çıktı ve üst üste konserler var yurtdışında. Bu akşam da provadayız. Üzgünüm, erkenden söyliyim, sen plan yapabil kendin için." dedim.

Bu mesajı okuduktan sonra kendimi camdan atmak istedim. Sadece şunu merak ediyordum: Lanetlendim mi ben? Birinin ahını mı aldım? Mutlu olmak haram mı bana? Hayatımdaki her şey iptal olmak zorunda mı? Ben bu adamla asla olamayacak mıyım? Neden böyle neden?

Cevap verdim: "Erken haber verdiğin için teşekkür ederim."

Ve korkunç bir gün başladı. Bundan sonra ne olsa düzelmezdim, ne olsa mutlu olmazdım... Hani bazı anlar vardır ya, bir anda yok olmak istersin, bu da öyle bir andı. Yok olmak istedim.

Arkadaşlarım plan yapmıştı. Akşam evdeydim. Akşam izlenecek hiçbir şey yoktu TV'de. Kitap okumak istemiyordum. Spor yapmak istemiyordum. Yemek yemek, hatta atıştırmak bile istemiyordum. Evde bir sürü içkim vardı ama tek başıma ayyaşlar gibi içip içip sapıtıp Bertan'ı aramaktan korkuyordum.

Acilen fal baktırmalıydım.

İş arkadaşım çok iyi fal bakar. Çok iyi dediğim de, 40 falından 20'sinde tutturduğu şeyler olur. Ben de yanında değilken fincanın resmini çekip ona atarım, öyle de bakar, yazar.

İçtim ve gönderdim. Sonra özetle, "Bertan'ın hayatında başka bir kız var, kız istiyor, almış onu elinden..." dedi. Geçmiş olsun bana...

O gün geçti ve ertesi sabah uyandığımda daha iyi ve kararlıydım. Karar verip hırs yapmak değil de, öyle incinmiştim ki, Bertan'ı aramak gelmiyordu içimden. Düşünmek bile istemiyordum. Kırgındım, tatsızdım, halsizdim ve yüzümden düşen bin parçaydı...

Pazar akşamı Semra ile kahve içmeye gittim. Uzun uzun sessiz kaldık. O sevgilisini anlattı arada, ben kimle flört edip Bertan'ı unutabileceğimi düşündüm...

Bertan

Renda, yanındayken çok mutlu eden bir kız. Ama âşık değilim işte. İnsan âşık olursa işini gücünü bitirip koştur koştur yanına gider ama öyle değil.

Eski sevgilim oyuncu. O gece de lansmana geldi. Bu ara görüşmeye başladık. Onunla kötü ayrılmıştık, beni aldatmıştı ve dönmek istiyor bu aralar da. Zaten kendimi zor toparladım ondan sonra... Benim keyfim yerinde, istediğimde Renda ile olabiliyorken hayatıma sürekli olarak birini almak istemiyorum. O gece de kafam karışıktı ve Renda'nın beni arayıp konsere gelmek istediğini söyleyeceğinden korktum. Zaten gece eski sevgilimle birlikteydik ben ne derdim Renda'ya?

Üzülürdü çok. Hoş, şimdi de üzüyorum ama en azından aldatacak bir bağım yok.

Uyumuyorumdur inşallah...

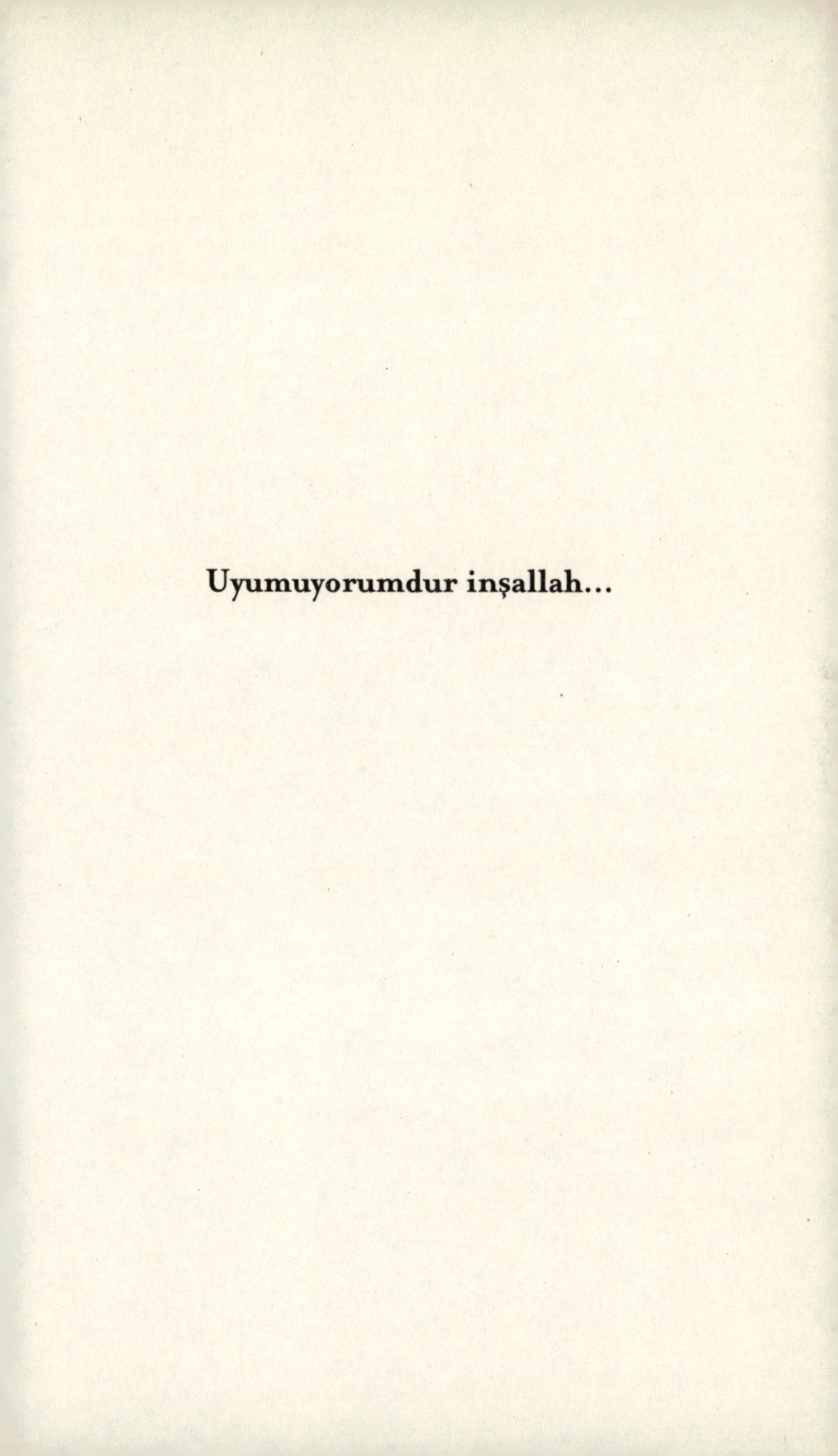

Bertan'ı aramayalı, sormayalı ve onunla konuşmayalı 1 ay oldu tam. Âşık olup da aşkını söyleyememek, aşk yaşayamamak bence büyük acı. Kolun kırık gezmek gibi.

Aşkını kalbine gömmek neymiş, onu öğrendim. İnsanlar çok üzüldüklerinde unutabiliyorlarmış, soğuyabiliyorlarmış, bunları da öğrendim.

Ben aramadım ama o da hiç aramadı. Sanırım benden sonra rahatladı. Bu arada onu hiçbir yerden silmedim... Geçen gün, bundan seneler önceki, onunla ilk tanıştığımız zamanki fotoğrafıma bir arkadaşım yorum yapmıştı, ben de yaptım. O da Facebook zımbırtısında herkesin sayfasına düştüğü için Bertan efendi hemen görmüş. Anında mesaj geldi telefonuma.

"O fotoğrafı görünce içim cız etti..."

Çok şaşırdım. İçi cız etmek ne demek bilmeme rağmen hemen internetten araştırma yaptım. Ne demiş olabilir, diye. Aşk bazen insanın beynini yok ediyor. Adımı söyleseydi bile, ne demeye çalıştı diye herkese danışır, adımın anlamına bakardım. Ne cevap vereceğimi bilmiyordum, tek bildiğim cevap verirsem bir şey daha söyleyeceğiydi... Cool olmaya karar verdim.

"Güzel zamanlardı..."

Hemen bir mesaj daha geldi! Neler oluyor!

"Çok güzel ve farklıydın o zaman da, şimdi olduğu gibi..."

Rüya mı görüyordum acaba? Bu ancak rüya olabilirdi. Ya da Bertan hafızasını kaybetmişti. Ya da başkası onun adına bana yazıyordu. Bu Bertan olamazdı... En iyisi lafı uzatmıyım, rezil olmıyım dedim...

"Çok teşekkür ederim..."

Eğer Bertan'sa cool takılmak iyi oldu. Eğer Bertan değilse de çok şükür rezil olmadım.

Kızlara söyledim. Hepsi şaşırdı ama yorum yapmadı. Bu ara herkes bana acıyor gibi... Neden böyle olduğunu anlamıyorum, şu adamın arkasından bir damla bile gözyaşı dökmediğim halde neden bana acıyan gözlerle bakıyorlar acaba?

Üzerinden birkaç gün geçti... Müşterilerden birinin partisine gidecektim yine. Hazırdım ve taksi bekliyordum. Ama taksi kaza yapmış, haberi geldi. Durakta da başka taksi yokmuş, 20 dakika bekleyecekmişim. Ayna karşısındaydım. Kendime bakıyordum. Güzel olmuştum...

Fotoğrafımı çekip Bertan'a gönderdim bir anda, şu notla:

"İçim cız etti vol 2"

15 dakika sonra cevap geldi...

"Müthişsin yine, gerçekten içim cız etti'lik tam!"

Bertan geçen gün mesaj atan Bertan, anlaşıldı. Neden bu kadar değişti peki, anlamadım. Galiba o kadar zaman aramayınca beni özledi. Galiba sürekli arayıp sormaya iyi alıştırdım. Şimdi kıymetimi anladı. İlginç oldu. Ya da ben hâlâ rüyadayım...

Cevap vermedim ve partiye gittim. Saatler geçti, eve dönmek için hazırlanıyordum ki, ondan mesaj geldi.

"O üzerindekilerle bana gelir misin en kısa zamanda?"

İsterdim ama gidemezdim. Gitse miydim yoksa? İçten içe ben de çok üzülüyor muydum acaba?

"Nerdesin?" dedim. Bir insanın mesaj attıktan hemen sonra telefonu bir köşeye fırlatacağına hiç inanmadığımdan, özellikle cevap vermediğini ve müsait olmadığını anladım.

"Neyse, cevap vermene gerek kalmadı"
"Neden, neden, neden?!"

Aradım bu kez. Açmadı. Artık sabrım taşmıştı.

"Ben senin müsait olamamandan bıktım. Pes ediyorum. Keşke hiç mesaj atmasaydın ve unutmuşken öyle gitseydi... Ben ne kadar aptal bir insanım, inanamıyorum kendime!"
"Hayır, lütfen böyle söyleme. Sen bambaşkasın benim için, çok özelsin."
"Özel falan değilim, aleladeyim hem de aptalım!"
"Hayır, değilsin. Asla!"

Nefesimi tuttum ve ona artık içimi dökmeye karar verdim. Böyle şeyler çok risklidir. Genellikle kartlarını açtığında yüzde 99, karşındakini kaybedersin. Ve zaten Bertan da baştan ilişki istemediğini söylediğine göre, onu tamamen kaybetmeyi göze alarak içimden gelen her şeyi yazdım.

"Senelerce aklımda kaldın, sonra ben buldum seni, ben geldim yanına. Hiç emek vermedin aramızdaki şeye. Hiç merak etmedin beni. Dışarda benimle hiç görünmedin. Hiç plan yapmadın. Bunun farkında olmama rağmen, insanlar bana acıyarak baksa da, sen beni hiç istemesen de bunu kendime bile itiraf etmedim. Kendimi hep kandırdım. En son dayanamadım çünkü sana çok âşık olmuştum. İçimde tutamıyordum bile. Yaptığın en ufak şeyden mutlu oluyor, günlerce seni düşünüyordum. Başka kimseyi görmez oldum. Ve bu hislerime karşılık hiçbir zaman umrunda olmadım senin. Ama benden bu kadar. Ya bundan sonra benimle gerçek bir şeyler yaşarsın ya da benden olabildiğince uzakta, kiminle ne yaşamak istersen..."

Tabii ki cevap gelmedi. Çok beklemedim de. Ama içim rahattı, uyudum...

Bertan

Renda çok tatlı, çook... Konuşmadığımızda özledim, yüzüm yoktu aramaya. Eski sevgilimden tamamen koptum. Hayatımda kimseyi bırakmadım ve sadece ona yer açtım.

Hayatımda onun gönderdiği kadar duyguyu hissettiğim mesajlar almadım ben. Her seferinde çok şaşırtıyor. Fark etmiştim zaten âşık olduğunu ve benden uzak durmasını istedim. İlişki bile istemiyorken platonik bir aşkla uğraşacak vaktim de halim de yoktu çünkü...

Uyanırsam beni acil geri uyutun...

02:13
%100
Bertan
meşgul...
sessiz
klavye
hoparlör
arama ekle
FaceTime
kişiler
Bitir

Bertan'dan haber gelmeyişinin ikinci günü. Bu esnada işe gittim geldim, iş arkadaşlarıma ayrı, diğer arkadaşlarıma ayrı gönderdim Bertan'a attığım mesajı. Herkese göre büyük cesaretti ve asla onaylanmayacak bir şeydi yaptığım. Kimse kartlarını açmayı sevmezdi çünkü kimse karşısındakini kaybetmeyi böylesine göze alamazdı. Ama aramızdaki farkın eminim onlar da farkındadır, benim zaten kaybedecek bir şeyim yoktu...

İkinci günün gecesi, dışardan gelmiştim ve uyumak için hazırlanıyordum. Klasik, diş fırçalama, tuvalet ve makyaj temizleme seansım neredeyse yarım saat sürmüştü. Yatağıma geldiğimde de yüzde 10 şarjı kalmış olan telefonumu şarja takmadığımı hatırladım. Ve elime aldığımda da Bertan'ın cevapsız çağrısını gördüm.

Gece yarısı ne demeye aramıştı acaba? Acaba özellikle açmadığımı mı düşündü? Çağrısına dönsem mi, süründürsem mi diye düşünürken telefonumu şarja taktım ve ne yapacağımı düşünerek etrafı toplamaya başladım. Aramaya karar vermem uzun sürmedi tabii ki. Şarj yüzde 30 olmuştu ve uzun zaman sonra sesini duymaya hazırdım. Aradım ve telefonu kapalıydı.

Bir insan, aradığı kişinin cevapsız aramasına dönmesini bekler en azından, ayı. Tekrar aradım. Bu da bana özgü bir hareket sanırım. Telefon kapalıysa bir daha ararım. Sanki açılacak!

A-a! Şimdi de meşgul. Bu telefon benimle dalga mı geçiyor? Tekrar aradım. Yine meşguldü. Ve 32 kez daha aradım. Ve pes ettim. Tek tesellim telefonumun şarjda olmasıydı… Telefonundaki çağrı bekletme özelliğinin açık olmaması da cool muydu değil miydi bilemedim. Sabırsızlandım, uykum geldi ve sinirlendim…

Tam uyumaya hazırlanırken telefon çalmaya başladı. Telefonla konuşurken çekilmiş olan fotoğrafını rehberdeki numarasına eklemem ne kadar mantıklıydı bilmiyorum ama o ararken gülümsememi sağlıyordu…

Telefonu meraklı bir "Alo?" ile açtım. Sevmeye başladı beni hemen…

"Ben seni yerim. Ben seni nasıl yerim biliyor musun? Ya sen dünyanın en tatlı şeyi misin?"
"Ehe. N'oldu ya?"

"Ye ben sana bayılıyorum, sen benim miniğimsin, ne güzel kadınsın hem de... Küçük kadınım benim!"
"Sen sarhoş musun?"
"İçtim, kafam güzel ama sarhoş değilim!"
"Allah allah..."
"Ben senden neden vazgeçemem biliyor musun? Sen hayatımda gördüğüm en komik, en akıllı ve en hazırcevap kadınsın!"
"Ehe"

Aynaya baktım. Öyle çok utanmıştım ki, kırmızı değil mordum. Aynı zamanda üzerimdeki hırkayı da çıkartmaya çalışıyordum. Sıcak basmıştı ve beynim durmuştu çünkü. Konuşacak hiçbir şeyim yoktu. Tosun bir kedi gibi kucağına yatıp göğsümü kaşımasını bekliyor gibiydim... Yatağımda yuvarlanarak, "Eee başka?" diyip sabaha kadar beni sevmesini dinleyebilirdim ama içime bir ağrı saplandı. Fark etmemeyi umduğum, unutmayı beklediğim, geçiştirip durduğum şey, onu ararken telefonunun tam 40 dakika meşgul olmasıydı... Gecenin bir yarısı, ben telefonunu açmadığımda kimi aramış olabilirdi, erkek arkadaşını aradığını sanmıyorum... Soramıyorum da.

"Orda mısın? Renda?"
"Ha, evet, dinliyorum, Beni özledin mi?"
"Atla taksiye gel ne olur, ne kadar özlediğimi gör, birlikte uyuyalım istiyorum."
"Bu saatte ne gelmesi ya, eve servis miyim ben, n'apıyorsun bakim şu anda, yatakta mısın?"
"Yataktayım, çırılçıplağım!"

Yatakta, çırılçıplak ve o telefon benden önce meşguldü. Allah belanı vermesin senin ya pislik herif!

Bu kez sıcaklamanın üzerine beyin zonklaması eklendi. Telefonu kapatmak istiyordum ama bir yandan da ne zaman böyle ilgiyi bulacaktım ki bir daha, kapatamıyordum.

Sevdikçe seviyordu.

Şımardıkça şımarıyordum.

Bir yandan da aklımdaki soru işareti silinmiyordu...

Bertan

Renda benim canım. Sen hem böyle tatlı ol, hem böyle güzel şeyler yaz, hem beni bu kadar sev, hem de hak etmediğim halde...

Diğer kadınlar iyi, güzel, kolay da, böyle güzel seveni görmedim. Yine de yetmiyor işte, sevgili olamıyorum, olamayacağım, böyle olsa keşke, böyle yürüse, ben de onu sevsem ve ona yetse.

Akşam onu aradım, açmayınca başkasını. Renda'yı eve çağıracaktım, o açmayınca başkasını çağırmak için aradım. Renda'yı çok özlemiştim, başkasını aradığımda aslında yatağımda Renda'dan başkasının uyumasını istemediğimi anladım. Bu eve başkası gelmesin dedim, kendimce biraz sadık kaldım, saygı duydum. Renda'yı uyuttum, davet edildiğim eve gittim.

Senleyim, rüyadan farksız...

Sabah uyandım ve tavana uzun uzun baktım... Dün gecekiler rüya mıydı? Kesin rüyaydı. Bertan bana hayatta o kadar güzel şeyi bir kerede söylemez. Telefonuma baktım, arama kayıtlarına, evet, konuşmuşuz. Peki o hatırlıyor mu yoksa sarhoş mu? Bertan'ı aradım. Saat 07.00 ama olsun. Uyanıktır şimdi o.

"Aloooo?"
"Dün gecekiler rüya mıydı?"
"Konuşmamız mı?"
"Evet, ben rüya mı gördüm, sen hatırlıyor musun?"
"Her şeyi hatırlıyorum, istersen tekrar edebilirim."
"Aaa! Yok yok tamam o zaman öptüm."

Gerçekten sevgiliyiz galiba. Galiba bu ayrılık bize yaradı. Kızım Renda, o kadar acı çektin ama sonunda istediğin oldu valla. Aferin!

İşe geç kalmamak için hayal kurma işini servise bıraktım. Çok az uyumuştum ama çok mutluydum. Yolda ipod'umu taktım ve ilk çıkan şarkı "elvis costello – i want you" oldu.

Evren bana bir mesaj vermek ister gibiydi... Çünkü bu şarkı, çok eski bir sevgilimle olan şarkımdı. Yani ben bu şarkıda hep onu düşünürdüm... O ilişkide hiç sevilmediğimi düşünmüş, hatta sevilmediğimden adım gibi emin olmuştum yıllar boyu üzerine düşününce...

Çünkü o da bir sürü erkek gibi birlikte olana kadar peşimden koşmuş, birlikte olduktan sonra, artık sevgiliyken ve ona âşık olmuşken de benimle ilgilenmeyi bırakmıştı...

Benim ayrılmamı bekler gibiydi. Ne ilgilendi, ne aradı sordu, ne de ayrıldı. Ben ayrılmış, ayrıldıktan sonra da üzüntüden hasta olmuştum...

Bu şarkı ilişkimizin başında bana msn'den gönderdiği ilk şarkıydı. O zamandan beri, o zamandan kalma ipodumdaydı. Ne zaman bu şarkıyı duysam o gelirdi aklıma. Yine geldi.

Ve tabii onunla geçen ay karşılaşınca konuştuğumuz şeyler de ...

Geçen ay bir yerde karşılaşmış, eskide kalmış ilişkimiz hakkında konuşmuştuk biraz. "Ben sana nasıl âşıktım, arkandan nasıl da şarkılar söylerdim, elvis costello – i want you var ya hani, onu seni düşünerek kaç kez sahnede söylediğimi hatırlamıyorum bile..."

Bir süre manasızca baktım yüzüne. O şarkıyı hep başka kızları düşünerek dinlediğini, hatta başka bir kızdan ona geldiğini, onun da beni tavlamak için bana gönderdiğini düşünmüştüm. Hiç sevildiğimi hissetmemiştim, dalga mı geçiyordu benimle?

"Tamam da, sen beni hiç sevmiyordun ki, o şarkı bana ilk gönderdiğin şarkıydı ama hiç mana yüklememiştim ona. Hâlâ da dinlerim, her seferinde birinin beni böyle sevmesini dileyerek hem de."

"Sen beni hiç tanıyamadın, ben severim de belli edemem ki, odunum ben, ketumum... Boşuna terk etmiştin beni. Her barışmaya çalışmamda da süründürmüştün, pes ettirmiştin."

"Yahu ne alakası var, ben, beni sevmediğini düşünüp düşünüp üzülüyordum bir köşede, hayatındaki esas kadını bulmaya çalışmaktan helak oldum, Facebook arkadaş listeni alt üst ettim, bütün fotoğraflarını taradım gecelerce, bulamadım. Sen kesin başkasını seviyordun, beni sevmediğin belliydi de..."

"Yanlış. Başkası hiç olmadı..."

Bu konuşmadan sonra, "Haydi öyleyse en baştan deneyelim" demek isterdim ama Bertan'a çoktan kapılıp gitmiştim... Belki bir gün Bertan da böyle güzel severdi. Belki aslında o da seviyordur. Belki benim kaderim de böyle yazılıyordur, en çok ben seviliyorumdur ama en hissetmeyen de ben oluyorumdur, olamaz mı?

İşteki bütün gün Bertan ile konuştuklarımızı kızlara anlatmakla geçti. Herkes çok şaşkındı ve herkes bir rüyada gibiydi. 3'lü konferans yaptım sabah ortamı boş bulunca...

"Yok Rendacan, bu bir rüya, di mi Pelin? Bence rüya."

"Ya kızım manyak mısın ne rüyası, sabah sordum, değilmiş rüya falan!"

"Çok erken ya kapatsanıza telefonu, rüyamın içindesiniz şu anda, hayatta inanmam bakın!"

"Size bir kez daha söylüyorum, kafamı bozmayın be! Rüya değil dediysek değil. Sevilemez miyim ben ulan hıyarlar!"

"Ha, canım o öyle demek istemedik, tabii ki sevilirsin de, Bertan'ın böyle güzel şeyler söyleyebileceğine inanamadık, kâğıttan okuyor olmasın? Ya da şiir falan mı okudu acaba? Acaba biri ona sufle mi verdi?"

"İnanmıyorsunuz siz bana. Vallahi de inanmıyorsunuz. Neyse... Elbet bir gün sizin yanınızda da konuşuruz da hoparlörü açar dinletirim. Hadi kafamı bozmayın. Bay!"

En yakın arkadaşlarım inanmıyordu böyle güzel şeyler duyabileceğime. Ne kadar acınacak haldeydim, hiç böyle olmamıştım, kimse bana böyle davranmamıştı... Hatta dur bakayım, Bertan'dan önceki sevgilimle olan mailleşmelerimiz hâlâ duruyor...

"Senle tanıştığımda olayın bu noktaya gelebileceğini hiç kestiremedim. Ne güzel kız, ne zeki kız konuşuruz işte mesajlaşırız arada. Espriden anlıyo espri yapıyo atışıyoruz, tartışıyoruz, düşüncelerimin tam tersini düşünüyo ama ona kendimi anlatmaya çalışmak güzel geliyo. Güzel zaman geçiyo dedim. Daha sonra olayın rengi değişmeye başladı. Bi sabah kalktım noluyo barış lan saçmalama dedim yuzumu yıkadım ofise gittim. Olm naptın diyorum sen. Aklım sende. Normalde 2 günde bitirceğim işi yapamıyorum bi türlü. Dikkatsizlikler aynı hataları tekrarlamalar. Senin yüzünden olduğunu kabul etmek istemedim ama öyleydi.

Çıkmıyodun aklımdan ve çıkmanı istiyodum. Çıkaramıyodum, çıkmıyodun işte. Annem aradı biraz once. kardeşin bütün derslerini geçmiş, honouru kaçırmış ama ucunda, üzülmüş dedi. Bi haftadır aramıyosun msnde konuşamıyoruz skype'a da girmiyosun oğlum merak ettik ters bişey mi var dedi. Güldüm. Yok anne dedim herşey yolunda..."

Al işte ya, çocuğun ilan-ı aşkına bak! Okurken film izler gibi oldum, nasıl güzel yazmış... Bertan ayısı bunun kurduğu cümlelerin bir tanesini bile aklına getirmez. Getirse de yazamaz. Yazsa da okuduklarıma inanmam. İnansam da bizim kızları inandıramam.

Keşke Barış'la aniden tekrar âşık olsak. Keşke Barış beni geri istese. Keşke beni Bertan'dan kurtarsa, uzak tutsa...

Bir yandan Bertan'ın gösterdiği duygusal ilerlemeye seviniyordum bir yandan da buna inanamıyor, altından ne çıkacağını merak ediyorum. Onunla hiçbir şey kusursuz değil. Bana söylediği güzel sözleri dinlerken bile gece benden sonra kimi aradığını düşünüyorum. Eskiden böyle sorunlarım olmazdı, merak ettiğim her şeyi sorardım ama Bertan'a soramıyorum işte.

Bari evlenmesek de ömrüm bununla çürümese...

Bertan

Sabah kızın evinden çıktım, Renda aradı. Geceki konuşmamız rüya mıymış... Keşke öyle olsa. Keşke hiçbir şey hissetmiyor olsam... Korkuyorum eski hataları yapmaktan, birine bağlı kalmaktan, başarısız ilişkiden, huzursuz olmaktan, mutsuz olmaktan, bir kadının beni parmağında oynatmasından...

Sesini duyduğum an huzur buluyorum ama yakınlaştığı an huzursuzluk çıkarıyorum. Çıkarmak zorundayım çünkü. Çünkü belli sonu, teslim olduğumda ya bırakıp gidecek ya da süründürecek.

Başkasıyla sevişmek tabii ki Renda gibi değildi. Ne onun yanında olduğum gibi rahatım ne de ondaki gibi keyif alıyorum. Yemek yemek gibi. Aç karnını doyurmak gibi işte. En sevdiğin yemek değil ama doyuyorsun bir şekilde. İyi oldu. Hatta en güzeli. Böyle iyi...

Kaybolursam şarkı söyle...

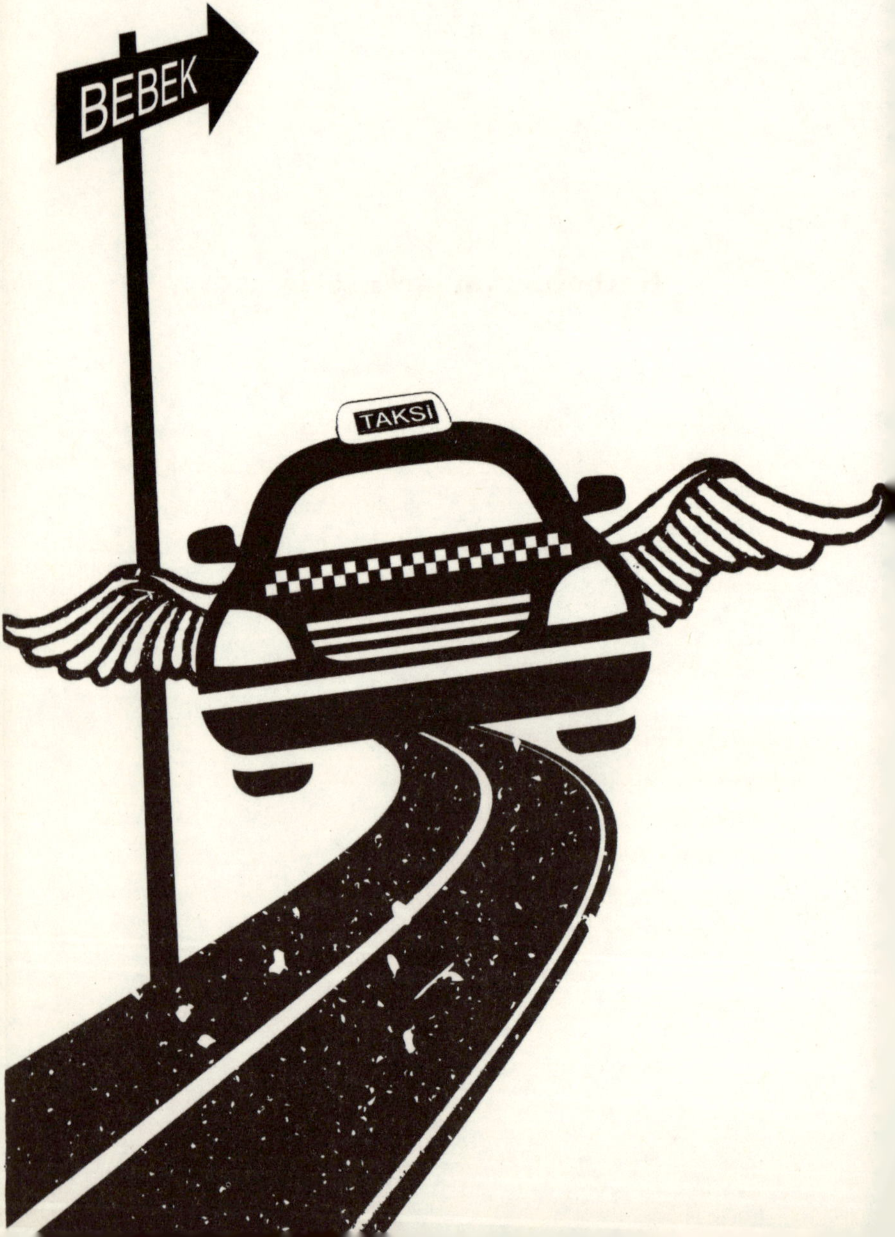
BEBEK
TAKSİ

Dün görüşürüz sanıyordum ama aramadı. Ben de cool takılayım dedim aramadım. Eğer biz sevgiliysek kavuşmamız gerekmez miydi? Biz sevgili değilsek peki neden aradı, neden barıştık, hani rest çekmiştim ben? Hani böyle böyle olmadan gelme demiştim?

Bu adamın yaptıklarının nedenini anlamak için neler vermezdim? Bazen, beyinlerimizin arasına kablo döşesek diyorum, öyle bir teknoloji olsa diyorum, ne olurdu? Yaptıklarının nedenini düşünmekten helak oldum. Sorabileceğim kimse de yok ki etrafında, gruplarının solistine söylemiş, sonra da beni çocuktan kıskanmaya başladı salak. Ne diye söylüyorsun, ne diye anlatıyorsun, ne anlatıyorsun hem. Hiçbir fikrim yok. Takılıyoruz mu diyor, sevdiğini mi söylüyor acaba...

Sevdiğini bana da söylemedi ama belki içine atmıştır...

Dün görüşmediğimiz için bugün işe hazırlıklı geldim. Kesin ötesi görüşürüz dedim. Aramazsa ben ararım sıkıştırırım valla, hiç umurumda değil. Yeter be.

Neyse, en iyisi Whatsapptan yazayım...

"Bertaaan n'apıyosuun?"
"Busy luv:) arıycam"

Busy luv muuu? Luv dedi. Aşkım dedi. Ben de bunun screen shot'ını alıp kızlara yollamazsam...

"Bakın bana luv dedi, aşkım dedi."
"Busy luv diye bi şarkı yok muydu ya, ondan bahsediyordur..."
"Ya ulan manyak mısınız nesiniz yeter be! Yanımda olsanız suratınıza tükürürüm... Şu yaptığınıza bakın iki gündür ayıp ya ayıp!"
"Luv'un başka anlamı var mı diye baktım, yok... Yani Rendacan, inanmak üzereyim valla ben."
"Hadi bee, kıskanç köpekler, işim var sonra hesaplaşıcaz sizinle, nadi naş!"

Yahu bir insan hem arkadaş hem sevgili yönünden bu kadar mı şanssız olur? Bunların hiçbiri bana inanmıyorsa kim inanacak? Bunların hiçbiri sevilmeyi hak etmediğimi düşünüyorsa kim düşünecek? Yanmışım ben...

Neyse, Bertan birkaç saat sonra aradı. Gece onda buluşmak üzere sözleştik. Dışarda içip ordan ona geçmek daha havalı olurdu ama benim kızlarla buluşursam onların verdiği gazla ve üzüntüyle gider Bertan'ı öldürürüm. En iyisi eve gitmek. Hem evde başka elbiseler denerim ve en yakışanı seçerim. Parfüm sıkarım, makyajımı tazelerim daha neler neler yaparım. Canım evim...

*****

Oha, saat 23.30 mu? Bertan aramış, mesaj da atmış. "Nerdesin?" diyor. Gözlerim şişmiş, uyuyakalmışım, saç baş makyaj rezalet... Hangi ara uyuyakaldım ben ya, hay Allahım... Güya arkadaşlarımla eğlenip ona geçecektim, bir kere hiçbir şey içmedim, gözlerimin şişliğinden de göz rengim bile görünmüyor... Şu tipime bak ya, çıldırmak üzereyim!

Aha, yine arıyor...

"Aloo?"
"Renda nerdesin sen, neden açmıyorsun telefonlarımı? Yine ne oldu!"
"Yok bir şey olmadı ben uyuyakalmışım arkadaşlar da aramış, ulaşamamışlar bana, panik oldum. Neyse çıkıyorum ben şimdi merak etme!"
"Salak! Isırıcam her yerini, uyuyakaldım diyor..."
"Hadi hadi kapat geliyorum"

Bu da çocuğu gibi seviyor galiba beni. Seksi bulduğu bir kadına davranır gibi davransa şaşırıcam. Bu ne biçim ilişki yahu, gitmekten vaz mı geçsem? En iyisi gitmemek. Hem arar arar açmam, cool kadın olurum. Evet en iyisi gitmemek. Bu ilişkiye ağırlığımı koymanın vakti geldi.

"Alo, ben bir taksi rica edicektim, Bebek'e gidicem, evet, hemen gelir değil mi, hemen iniyorum kapıya..."

En iyisi gidip beni ne kadar çok sevdiğini hatırlamasını sağlamak...

Bertan

Sarılarak öldürebilirim bu kızı. Buna duyduğum sevgi aşk gibi değil de anne sevgisi gibi bir şey oldu olacak. İnsanlar böyle hissedince mi evleniyorlar acaba, hiç anlamıyorum abi.

Anlattığım herkes onu soruyor. Herkes de biriyle birlikte olmamı bekliyor herhalde, takılıyoruz diyorum, inandıramıyorum. Galiba daha az Whatsapp kullanmam gerekecek. Çünkü Whatsapp'ta sadece Renda ile konuşuyorum. Benim olayım yazışmak değil abi, konuşma insanıyım ben...

Bir de bu tombik dünya güzeli değil ama dikkat çekiyor sonuçta. Bizim hırbolar da eklediler hemen her yerden, umarım mesaj falan atmıyorlardır. Umarım...

Emekli çift...

Her zamanki gibi şahane olan Bertan gecesinden sonra, her zamanki gibi yanından ayrılasım gelmedi. Her şey masal gibi. Yanında evimde gibiyim... İnsanlar böyle hissedince mi evleniyorlar acaba? Yanındayken böyle güzel olan adam yanında değilken neden yabancı gibi?

Dün her zamanki gibi ona gelir gelmez buzdolabını açıp bira aldım. TV açıktı. O da Telegol izliyordu, maç kafa... Ben konuşuruz diye ummuştum ama çok önemli bir maç oynandığı için onun değerlendirmesi, özetleri ve takım konuşmaları varmış. Ben bir bira daha bitirince, benimle özel olarak ilgilenecekmiş.

Telefonumu açtım, bizimkiler nerelerdeymiş onlara baktım. Yine pek eğlenmişler. O çocuklar senin bu çocuklar benim, gittikleri her yerde 3-5 yeni kişiyle tanışmasalar olmuyor sanki! Kutsal görev bu onlar için...

Bertan'a ayaklarımı uzatıyorum. Kucağına alıp masaj yapıyor. Bari bir işe yarasın. Ona bakıyorum. 3 numara saçları, geniş omuzları ve incecik dudakları var. Nesini beğeniyorum acaba? Nesine âşık oldum ben bu tospağanın? Bana bakıyor, elini uzatıyor, tutuyorum ve hoop kucağındayım.

"Sen benim küçük kadınım mısın?"
"Hı hı..."
"Ben seni öldürücem severek. Biliyor musun?"
"Ne kadar seviyorsun ki beni?"
"Çok!"

Allahım ses kaydı alsaydım keşke ya. Adam sevdiğini söyledi. Vallahi de söyledi.

"Şimdi biz sevgili mi olduk?"
"..."
"Niye sırıtıyorsun, cevap versene ne olduk biz?"
"Ben ilişki yaşamam, ben sevgili olamam, o halde değilim, yoğunum, birine ayıracak vaktim yok..."

Kucağından kalkıp koltuğa oturdum. Ayrı olduğumuz dönemde koltukları yenilemiş. Eskiden köpek bağlasan durmaz, ne kadını, ne gelmesi diyordum da, artık her gece 5 özel ismi ağırlıyordur burda pislik...

"Asma suratını n'olur, ne güzel vakit geçiriyoruz işte. Seni çok seviyorum, çok değer veriyorum, biliyorum çok zor bir adamım ama sen benim için o kadar özel bir yer edindin ki şu kısacık zamanda, n'olur tadımızı kaçırmayalım Rendacım, hadi güzel Rendam benim, hadi bebeğim..." Gözlerim doldu. Ben sevgili olmaya layık değil miyim? Yutkundum. Biramı masaya bırakıp lavaboya gittim. Tuvaletimi yaparken her zamanki gibi banyoya yeni ne alınmış, neler bitmiş diye bakınırken yepyeni ve bembeyaz bornozu dikkatimi çekti. 1 adet yeni bornoz... Bu ev tek kişilik. İkinci kişiye yer yok. Salak kedisi bile bir bahçede bir evde, o bile sabit değil. Ulan bari ona bak top kafa!

Sifonu çekip ellerimi yıkamaya lavabonun başına geçtim. Havlu yok. Neye sileceğim elimi? Bornozun kollarına. Hatta madem benden iz kalmıyor, madem hayatında yerim yok, ben olmazsam kimse de olamayacak Bertan efendi! Bütün makyajımı güzelce bornozunun bembeyaz kollarına sildim. Sinirimden, üzülmeyi unuttum. Banyonun kapısını açtım, baktım beni bekliyor. Önce tutkulu tutkulu öptü. Sonra elimden tutup yatak odasına götürdü. Ve elimi bırakıp yatağa atladı.

"Sırtımı ezer misin? Ne olur!"

Bu adam beni öldürecek galiba. Şu an kendimi 55 yaşındaki anası gibi hissediyorum.

"Ya ne ezmesi ya yana kay yatacağım ben"
"Ne yatması minik tosunum, evde uyudun ya, hadi çok az eziceksin, o güzel ayaklarınla çık hadi sırtıma azıcık ez. İnanılmaz ağrıyor sırtım, senin ayakların sihirli, hemen geçiriyor, jöle gibi oluyorum altında..."

Şu an kendimi evine temizliğe gelen Fatma gibi hissediyorum. Gerçekten iş yaptırıyor bana.

"Tamam ya tamam"

Sırtını döndü, çıkıp ezmeye başladım. Bu sırtını ezmeler benim için etraflıca düşünmeye ayrılan vakitler demek... Düşündüm ve bizden bir halt olamayacağını anladım. Tam 40 dakika boyunca inmemi engelledi sırtından. Arada önünü bile döndü ayı. Bir de önünü ezdim. Ter içinde kaldım. Bu ciddi bir spor. O anda sadece dinlenmek istiyordum...

Bacağımdan çekip ayı gibi yatağa attı beni üstünden. Sonra seviştik. Hiç bitmesin istedim. O da istemesin. Yanıma yattı sonra.

"Her geçen gün kendime şaşırmamın tek nedenisin biliyor musun?"
"Neden?"
"Vücudumun sana verdiği tepkiler o kadar eski ki, en son 10 sene önce böyle olmuştum"
"Yani?"
"Yani seni bırakmam asla, bunu aklından çıkarma küçük kadın!"

Derin bir nefes alıp ona sarıldım, yapacak bir şey yok, sarılıp uyuduk... Öyle sıkı sarıldı ki, ilk günden beri ne kadar değiştirdiğimi gördüm onu... İki saat sonra uyandım. Her zamanki gibi gaz sancısı yüzünden... Bağırsaklarım, ben ne zaman stres yapsam ya da bir şeye üzülsem gaz pompalıyorlar resmen. Bunun da banyosu yatak odasıyla karşılıklı. Nasıl rahat rahat çıkarabilirim gazı acaba? Bir de kapıyı kapatsam içerisi havalanmayacak, kapıyı açık bıraksam koku odaya doluşacak... Bunları düşündükçe stres çoğaldı ve daha çok gaz oldu... Patlamamak için kendimi zor tutuyorum.

Yok yok, iyi ki sevgilim değil, daha fazla görüştüğümüzü düşünemiyorum...

Yataktan acilen kalktım. O da uyandı.

"Nereye? N'oldu?"
"Rezene yapacağım ya, midemde gaz var uyuyamıyorum..."

Bağırsaklarımda gaz var diyecek halim yoktu herhalde!

"Bak rezene nerde biliyor musun, sağ üstteki dolabı aç..."
"Gerek yok, yanımda var, hep taşırım zaten, sen uyu ya, bakma bana!"

Hayır, ne diye dikildi, ne diye incelik yapıyor anlamıyorum. Başka zaman olsa tos tos uyur, horlar, şimdi tavşan gibi kalktı beni bekliyor yatakta. Al işte televizyonu da açtı...

Su kaynattım, rezene'yi bardağa koydum, demledim ve kupamla yatağa gittim. Midemde gaz var diye morali bozulmuş galiba.

"Sürekli olur mu bu?"
"Bazı durumlarda oluyor, yememem gereken yiyecekler var, stres yapmamam lazım, ayaklarımın soğuk zemine basmaması lazım falan filan... Bu evde ev botum olsaydı çok güzel uyurdum hiç gazım olmazdı. Ama üşütüyorum işte yere bastığım an."
"Ayakkabılarını çıkartmayabilirsin diyorum ama sen çıkartıyorsun Rendacım..."

"Ayakkabılarla rahat edemiyorum. Açsana Flash TV'yi..."

Bazı geceler böyle yapardık. Gece uyanıp Flash TV'yi açardık. Ben genelde uyanırdım yani, illa kalkar, ya tuvalete gider ya makyajımı temizler ya da su içmeye giderdim. Bertan genellikle ben yanından kalkınca hemen uyanıp nereye, diye bağırırdı. Panik olurdu sanki. Çocuğum gibi.

"Altımda dantelli seks donum ve üzerimde senin tişörtünle pazara çıkacak değilim herhalde. Ya mutfak ya tuvalet geri zekâlıcığım!" diyemiyorum tabii... Ama insan böyle hareketlerinden sonra şöyle düşünüyordu: "Madem gece yataktan kalktığımda bile endişeleniyorsun, sen bensiz nasıl yaşıyorsun be adam!"

Demiyordum bir şey, o hali çok hoşuma gidiyordu. Çayımı bitirdim, tuvalete gittim, birazcık rahatladım ve yatağa döndüm. Birbirimize dönük yattık, bacaklarımızı birbirine geçirdik.

Ama gerçekten çocuk gibiydi, istekleri bitmiyordu.

"Kıçımı kaşısana..."
"Yok artık beee, yuh!"
"Yaaa, hadi lütfen..."
"Ya sen kaşı be, kıçını kaşımak nedir ayı!"

Kaşıdım söylene söylene. Sonra yine şımardı bana. Arkasını döndü, sırtını kaşıdım, öylece uyuyakaldık. Onunla ilgilenmeyi ve ona dokunmayı seviyordum. Hiçbir şeyinden iğrenmiyordum. Ben verdikçe o istiyordu. Kedi gibiydi. Sürekli okşansın, sürekli kaşınsın. Bana böyle bir şey yapan yoktu. Gerçi benim öyle bir talebim de yoktu...

Sabah bir uyandım, bana sesleniyor. Kafamı kaldıramıyorum. Kahvaltı hazırmış. Ben uyanmadan her şeyi hazırlamış. Çok güzel kokuyor ev. Yüzümü yıkayıp masadaki yerime kuruldum.

Her zamanki gibi menemen koydu tabağıma sıcak sıcak. Çay koydu. Nar suyu koydu yanına. Uyurken ben anne oluyordum ama sabah uyanınca o... Menemeni koyarken yutkundum. Biraz sesli yutkunmuş olabilirim.

"O ses ne? O gurk neydi öyle? Ben yerim seni. Gurk!"

Utandım. Biz niye böyle şefkat ikilisi olduk? Hangi ara olduk? Seks hayatımız muhteşemken buna ne gerek vardı? Neden böyle bir yola girdik?

Nerde hata yaptım bilmiyorum ama çok pişmanım...

Birkaç saat sonra yanından ayrıldım. Yanından hiç mutlu mesut ayrılmadım. Çünkü bir sonraki görüşmemizin ne zaman olacağı belli bile değildi. Kapıdan çıktığım an özlüyordum. Uyurken de özlüyordum. Dokunmadığım her an özlüyordum. Sevgili olmayı istememin nedeni de zaten daha sık görüşmek, daha çok birlikte olmaktı.

Bu ne şimdi? Bir insan neden böyle bile bile üzülür?

Bertan

Ne güzeldi... Sevgili olmak istemememin sebebi de zaten biraz da bu kadar güzel şeyler yaşamak... Çünkü daha sık görüşünce bu kadar eğlenemeyeceğiz, bu kadar güzel vakit geçiremeyeceğiz, o bu kadar mutlu olmayacak, ben de...

Zaten bir araya geldiğimizde emekli çiftten beter oluyoruz, bari bu buluşmaları daha az yapalım da, özlem dolu olalım, değil mi ya?

Boşver, böylesi daha güzel...

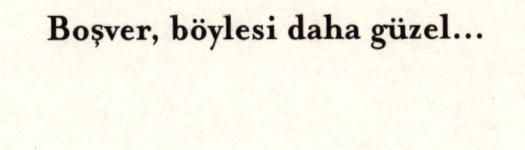

Hayatımdaki her şey saçma sapan gidiyor.

Babam, "Ne zaman doğru düzgün bir işte çalışacaksın?" diyor çünkü ajansı pek ciddiye almıyorlar. Kendi ajansım olsa, yine ciddiye almayacaklar. Akrabaların çocukları bankacı olmuş, benim neden anlaşılır bir işim yokmuş. "Hayatın boyunca gurur duymadık, ailedeki tuhaf ve işe yaramaz çocuk oldun. Büyü artık. Normal insan ol, gurur duyalım seninle." dedi...

Annem, "Ne zaman evleneceksin? Bütün kuzenlerin evlendi, bak tombiş bir çocuk bulduk sana, senin gibi, senin yaşıtın, üstelik de bankacı, onu da beğenmedin, ne arıyorsun, ne istiyorsun çocuğum? Doğru düzgün işin yok, doğru düzgün hayatın yok, diyetisyene gidip zayıflayamadın bile, daha ne bekliyorsun, al sana kısmet!" dedi...

Ablam, "Annemle babam çok yaşlandı, onları ciddiye alma Rendacığım, sen gerçekten çok güzel bir kızsın, işin gücün de gayet yerinde ve birçok insandan daha akıllısın, sakın aksini düşünme." dedi...

Boy aynasının karşısına geçtim... Diyetisyen biraz pahalı olduğu için ilk verdiği listeyi yarım yamalak yaparak sadece 2 kilo verdim. Evet biraz yavaş verdim ama 42 bedenim diye de kendimi vuracak değildim... Ayrıca işimi seviyordum. Ayrıca tombiş erkeklerden hoşlanmam. Bertan gibilerden hoşlanırım.

Ailemle mümkün olduğunca az konuşuyordum. Aynı evde yaşayan alakasız ev arkadaşları gibiydik. Şişmanlığımdan, eğitim ve meslek seçimlerimden ve bu kez de yalnızlığımdan utanıyorlardı. Hiçbir zaman hiçbir şeyimi takdir etmediler. Evet, ben de olağanüstü başarılar kazandığımı söyleyemem ama ablam hayatı boyunca 36 beden kalmışsa, tam zamanında evlenmişse ve doktor olmuşsa ben bununla gurur duyar, ona da "Yürü be abla, kim tutar seni!" derim. Yarışmam yani. Yarışmak benim hamurumda yok...

İlerde bir gün kendi işimin patronu olacağım ve o zaman 36 beden kıyafetlerimle işe gideceğim... Bu arada eşimle de sık sık yurtdışı seyahatlerine çıkacağız, bir de çocuğumuz olur belki, ona da bakıcısı bakar. Ve ben onunla ne yaparsa yapsın gurur duyarım...

Geçen gün Zeynep ile buluşmuştuk, bunları anlattığımda gerçek bir aydınlanma yaşadı. Beni tanıdığından beri hiçbir yaptığımı beğenmediğime şahit olup şaşırıyormuş. Kendimi, sahip olduklarımı, düşündüklerimi, zekâmı bile beğenmiyormuşum ve en sonunda nedenini anlamış. Ona da her zaman gittiği psikoloğu, "Annenin sana olan davranışı, senin hakkındaki düşünceleri neyse herkesin de senin hakkında öyle düşündüğünü zanneder, sonunda kendin de öyle düşünürsün" demiş. Yani annem (hatta tüm ailem) beni hiçbir zaman beğenmediği için kimsenin beni beğenmediğini düşünüp, en baştan ben de kendimi beğenmiyormuşum... İsterse psikoloğuna ben de gidebilirmişim... Gidersem ilk 3 seansta ağlarım. Ağlamak için de o kadar para veremiycem, odamda ağlarım vakti gelince...

Bertan ile başa dönmüş gibiydik. Bu adam liseli erkekler gibiydi... Onlar da elde edene kadar ne istersen yapar, elde ettikten sonra da arkalarını döner giderdi ya, bu salak kaç yaşına gelmiş, ilgisi beni özlediği an başlayıp onun evinden çıkana kadar sürüyordu, o kadar. İşin yoksa 1 ay onu düşün, bekle, ona bağlı kal, kimseye yüz verme...

Ama işim var. En iyisi arayıp buna bir son vermek. Acı çekiyorum, haberi yok...

"Alo Rendaaa?"
"N'aber Bertan?"
"İyiyim, sen? Ne oldu sesin kötü geliyor, iyi misin?"
"İyiyim ya, ne söyleyeceğim, bu böyle olmuyor... Ben mutsuzum... Aradığım bu değil, böyle bir ilişki değil yani. Mutlu etmiyor hiç beni yaşadıklarımız!"
"Anlıyorum... Ama bunları konuştuk atlattık sanıyordum... Regl falan mısın?"
"Hayır değilim. Ayrıca sen konuştun, atlattın. Çünkü işine geliyor, ben öyle istediğin an arayacağın biri değilim ki, sen istediğinde görüşüyoruz. Ben senin ne zaman nerde olduğu-

nu bilmiyorum. Aramıyorsun, sormuyorsun, ölsen haberim olmaz. Ya da ben başkasıyla birlikte olsam, hiç bilemezsin. Zaten umurunda da değil..."

"Ama ben buyum, ben böyleyim, kimseye telefon açıp hesap veremem ki küçük çocuklar gibi, her aradığında müsait olamam ki, işim gücüm var boş oturmuyorum. Her zaman yanımda birileri oluyor."

"O zaman sen de, ben telefonuna cevap veremediğimde üst üste 200 kez sapık gibi arama, ben de müsait olamıyorum ya da seninle konuşmak istemiyorum... Neyse, şu saatten sonra bunu tartışacak değilim, beni tekrar özlemeni bekleyecek de değilim, ya doğru düzgün sevgili oluruz ya da bitsin, bir daha beni arama!"

"Peki, eğer istediğin buysa, gerekirse bağrıma taş basarım, yine de aramam."

Bağrına taş basmak mı dedi? Bunun da babasını tanımıyorum, Ferdi Tayfur'un bilmediğimiz bir çocuğu mu acaba?

"Peki... Arama..."
"Seni çok seviyorum. Kendine iyi bak."
"Ben de seni. Sen de..."

İçim daralıyordu. Kaburgalarım batıyor gibiydi. Mahvoluyordum. Galiba ölmek böyle bir şeydi. Ben onsuz ne yapacaktım?

İşyerindeydim ama yine de gözyaşlarımı tutamıyordum. Şelale gibi akıyorlardı... Neyse ki herkes sigarada, yemekte, toplantıdaydı. Biraz çalışmaya çalışsam atlatacaktım herhalde... Ya da...

"Alo Doruk, müsait misin? Bu cuma Antalya'ya, sana gelsem diyorum..."
"Gel canım, müsaidim hafta sonu. Hayırdır?"
"Hayır ya, bir şey yok... Canım bu hafta sonu burda kalmak istemedi. Dur hemen bilet alayım..."

Allah bana parayı biliyor da vermiyor... Bu fakir halimle bile kredi kartına taksitle uçak bileti bakıyordum, bir de zengin olsam o servet hep ayrılık acısını atlatma tatillerine, yurtdışına akacaktı...

Biletimi alıp kızlara haber verdim. Tabii ki desteklediler... Biraz daha iyiydim artık. Bertan'ı hazır asker gibi beklediğim bir hafta sonu, onunla yapılan menemenli Pazar kahvaltısı, onun grubunun Cuma konserleri, Beyoğlu... En azından bir hafta sonu bunlardan uzakta olacaktım... Kışın ortasında biraz bahar yaşasaydım hiç fena olmazdı...

Telefonumun çalıp çalmayacağını bilmiyordum. Onu o kadar bile tanımıyordum. Ama en azından birkaç gün aramazdı herhalde. Twitter'dan gruplarının bir şarkısını paylaştı biraz önce, "Tam da bu ana, tam da bu güne çok uygun" demiş... Paylaştığı şarkı da şu ana kadar yaptıkları en anlamsız şarkı. Hadi yaptın, ne diye söylediniz... Hadi söylediniz, ne diye kaydettiniz, unutun gitsin... Hadi kaydettiniz, ne diye albüme koydunuz... Hadi koydunuz, o şarkının bugünle ne alakası var be geri zekâlı!

Ben de Boşver'i paylaştım. Paylaştıktan sonra birkaç kez dinledim.

Ve her seferinde de ağladım. Hiç bitmeyecek gibiydi acım... Uyusam ve bitene kadar uyanmasaydım keşke...

Bertan

İşte bunu hiç sevmiyorum... Madem istemiyorsun neden evde bu konuyu konuştuktan sonra seviştik, neden kalkıp gitmedin o zaman? Bu kadınları anlamak zorsa Renda'yı anlamak iki katı kadar zor.

Sevgili olamam. Bu, acı çekmemek için kendime verdiğim bir söz. Kimseyi istemiyorum. Tek kişi yaşıyorum. Hayatımdaki her şey tek kişilik. Yanımda olsun istiyorum ama o da sevgilim olarak değil. Arada bir görüşelim, özleyip hasret giderelim, güzel vakit geçirelim istiyorum...

Renda'ya elini versen kolunu kaptıracaksın, o kadar belli ki, kahvaltıdan sonra bile, eğer işim yok diyorsam akşama kadar kalıyor. Hiç yalnız kalmak isteyip istemediğimi düşünmek yok... Neredeyse uyku vaktine kadar oturup o günü de bende geçiriyor. Sevgili olsak 3 gün üst üste kalacak bende, bıraksam eve yerleşecek hatta... Ne zaman yüzük takıyoruz, diye kafamı şişirecek. Yüzük taksak beni gelinlikçi gelinlikçi gezdirecek. Görüyorum. Biliyorum. Ne kendimi üzeyim ne de benim gibi birini istediğini zanneden Renda'yı.

Tam bir Türk kızı olarak ilişkiyi bitirdi. Pes doğrusu. Aramamak zor ama söz verdim. Ama sanırım onu çok özleyeceğim.

Bertan: 0 – Herkes: 1

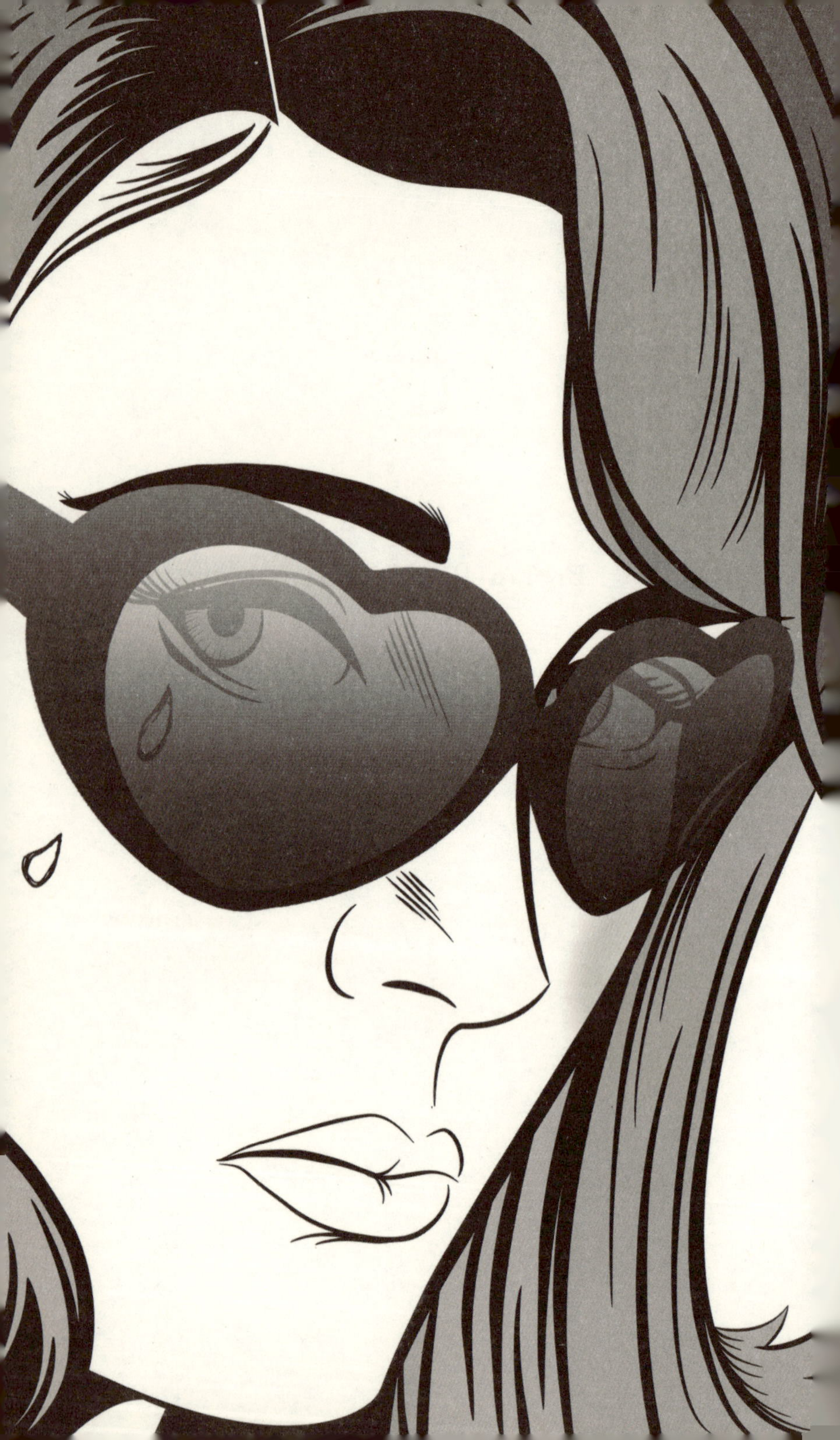

Beynim, sürekli olarak, konuştuğum, karşılaştığım her erkekle Bertan'ı kıyaslıyordu... Bertan hep bu kıyaslamalardaki kaybedendi tabii ki. Herkesten daha ayı, daha sevgisiz, daha anlayışsız olmayı nasıl başardı acaba?

Doruk, havaalanından beni almaya geldi. Şehir dışından İstanbul'a dönüyor olsam, Bertan hayatta beni karşılamaya gelmezdi. Kendim neye bineceksem biner giderdim onun evine...

Doruk: 1
Bertan: 0

Arabadaydık...

"Anlat bakalım, Twitter'ına baktım, aşk acısı çektiğini anladım, detayları alalım... "N'olur sorma Doruk, kafam dağılsın istiyorum, üzerine konuşmak istemiyorum, gerçekten üzülüyorum..."

Cümlemi bitirir bitirmez gözlerim doldu. Biri çaktırmadan aktı bile... Neyse ki Doruk araba kullanıyordu, görmedi... Evine girdik, daha önce bir kez daha gitmiştim, daha doğrusu uğramıştım, evinin güzel olduğunu biliyordum ama Bertan'ın barakasının yanında, Doruk'un evi gerçekten saray gibi kalıyordu...

Bertan'ın, "köpek bağlasan durmaz" stilinde dekore edilmiş barakası: 0
Doruk'un saraydan bozma muhteşem evi: 1

Ondan artık çok uzaktaydım. Üstelik bu yol hikâyesinin gizemli olması ve merak uyandırması için elimden geleni yapmıştım, Facebook'a yüklediğim her "gidiyorum" temalı gizemli ve hüzünlü fotoğraf, birkaç like'ın yanında salak kuzenimin, "Kız nereye gidiyon? Aradım niye açmıyon?" gibi anlamsız yorumlarını da toplamıştı... Ama olsun, Bertan görünce gittiğimi anlayacak, meraktan ölecek ama soramayacaktı...

Mesela o an arasa, "Gel" dese gidemezdim. Bundan daha acıklı olan tek şey de zaten arayıp "Gel" demeyeceğini bilmemdi...

"Rahat bir şeyler giysene, eşofman altı falan... Ev soğuk mu? Üşürsen söyle lütfen... Ben hemen üzerimi değiştirip geliyorum, tekila shot yapar mıyız? Eve şarap almayı unuttum da..."

Doruk tüm bunları özellikle yapıyor olmalıydı, sırf ayıların ayısı Bertan'ımdan nefret etmem için... Çünkü Doruk'un yerinde Bertan olsaydı cümleler şöyle değişirdi...

"Ev soğuk mu? Şurdaki battaniyeye sarınabilirsin... Ne içersin? Bakıyorum buzdolabınaaa, eyvah 1 bira var, birlikte içelim... Alacaktım aslında da unutmuşum, neyyyse bu yeter bize..."

Fakir ve düşüncesiz ayım benim... Şimdiden nasıl da özledim...

Doruk tepsiye koyduğu shot bardakları, free shop'tan aldığı tekila, bir tabak dilimlenmiş limon ve bir de tuzlukla yanıma geldi... Küçük masayı önümüze çekti... Ben üzerimi değiştirmemiştim hüzünlenmekten ama zaten çok da rahattım. Bana neden bu kadar iyi davrandığını anlamadığım birinin evindeydim... Bertan beni o kadar aza alıştırmıştı ki her konuda, yaptıklarının bir üstünü gördüğüm an bile şaşırıyordum. Hak etmediğim ilgiymiş, hak etmediğim sevgiymiş gibi geliyordu hepsi...

İçmeye başladık. Bertan'la kesin olarak bitirdiğimiz için, kendimi kimseye kapatmaya niyetli değildim... Kaç tane shot içtiğimizi bilmiyorum ama her zamanki gibi makyajımı silmeyi ihmal etmedim. Birlikte dişlerimizi fırçaladık ve sallana sallana onun yatağına gittik. Yatak odası tamamen aynalarla kaplıydı. Filmlerdeki sapık adamların odası gibi... Doruk gerçekten çok zengin, çok iyi ve yakışıklıydı. Tek sorun geveze olmasıydı ama zaten ben sürekli hayallere dalan biri olduğum için, üçüncü cümlesinden sonrasını duymuyor, dinlemiyordum. O da anlatıp rahatlıyordu diğer yandan.

Önce sızdık. Sonra gece uyanıp seviştik. Sonra geri uyuduk. Uyanıp seviştik. Ve sonra geri uyuduk. Uyandığımızda hâlâ arkadaştık. Çok acıkmıştık ve kahvaltı yapmak için dışarı çıktık... Kahvaltı yapmadan, herkes gibi ben de masanın fotoğrafını çektim. Doruk panik oldu.

"Beni çekmiyorsun değil mi!"
"Üf, hayır be, seni niye koyayım Facebook'a! Gizemli bir tatil bu, 'Bak Bertan, kimin kucağına koştum!' tatili değil..."
"Haa, aferin be, kafan diğer kızlar gibi çalışmıyor. Başkası olsa kıskandırmak için özellikle beni koyardı..."
"Akıllı kızlar yapmaz bebeğim, akıllı kızlar hiç öyle salaklıklar yapmaz. Mümkün olduğunca masum kadını oynar. Karda yürür, izini belli etmez."
"Vay be, şu andan itibaren gözümde çok başka bir yerdesin, çok saygı duydum Renda!"
"Sağol canım benim..."

Doruk, sevgilisine yalan söylemişti. Güya yazlık evlerine gidiyordu ve onunla çok fazla ilgilenemeyecekti. Kız da başka şehirde olduğundan evi basamayacağına göre, rahat edecektik.

"Bizim ilişkimizde güven çok önemli, ikimiz de birbirimize çok güveniriz." dedi.
"Dalga mı geçiyorsun, gece seviştik, sen hâlâ güvenin öneminden bahsediyorsun!" dedim. Adam kendi söylediğine

herkesten önce kendi inanmış, "Biz birbirimize çok güveniriz" diyor, tam da kızı aldatırken...

Kahvaltımız o kadar geç geldi ki, Doruk'un gevezeliği artık bende baş ağrısı yapmaya başlamıştı. Hem aç hem ayılamamış olmak yetmiyormuş gibi bir de üstüne başım ağrıyordu...

Doruk'la yattığım için hiç pişman değildim. Bütün gece sarıldı bana. Kokusunu seviyorum, diye yataktan kalkıp kalkıp parfüm sıktı ve geri yattı hep. Alkolden kafamı bile kaldıramazken kokusuyla boğuldum ve parfümünden nefret ettim. Midem bulanmıştı ki kollarından kurtulup yatağın en soğuk köşesine gittim ve kafamı yataktan sarkıtarak uyumaya çalıştım. Uykumda kusarsam, yatak kirlenmesin diye...

Doruk gerçekten çok yakışıklıydı ama aramızda zerre elektrik yoktu. Onunla sevişmek light ton balığının tadı gibiydi, sası sası... Bertan ile sevişmelerimizin sonundaysa hep mutluluktan ağlardım. Anlam veremezdi, "Ne oldu şimdi? Heyy! Sana diyorum Renda! Renda bebeğim cevap versene..." diyip dururdu, hiç konuşmazdım. O anlardaki mutluluğumu salaklıklarıyla mahvetmesine hiç izin vermedim.

Kahvaltımız bitmeye yakınken ne yapacağımızı düşündük...

"Cem Yılmaz'ın gösterisi vizyona girmiş, gidelim mi Doruuk?"
"Gidelim hadi!"

Gözlerim doldu. Gözlerimde iyi ki gözlüklerim vardı ve kimse görmedi. Doruk telefonuna bakarken yine 1-2 damla gözyaşım düştü, hemen sildim. Bertan hiç beni mutlu etmeye çalışmadı. İstediğim hiçbir şeyi yapmadı. Ben böyle sözünün dinlenmesine, istediğinin olmasına alışkın değildim aylardır. Beni mutlu etmeye hiç layık görmedi... Belki de ben değildim...

Ben bu yayımlanan gösteriyi zamanında en ön sıradan izlemiştim, bizim patronun gösteri merkeziyle olan yakınlığı dolayısıyla olmuştu bu da... Bertan da söylediğine göre başka bir gösterisine gitmişti. O en önden izlememişti benim gibi ama olsun, ortak noktamızdı bu bizim...

Gösteriyi sinemada izlerken her kelimesinde kahkahâlâr attım, gülmekten ağladım... O da komikti, benim sinirlerim de bozuktu. Nasıl da iyi geldi...

"N'apıyorsun yine Renda?"
"Fotoğraf çekiyorum görmüyor musun Doruk?"
"Neden?"
"Ne demek neden?"
"Kızım yayınlamayacaksın herhalde onu, sen şimdi uzaklara tatile gittin ya, madem böyle havalı gidiyor her şey, tatilde sıkıntıdan ölmüş gibi sinemaya gittiğini göstermenin ne manası var, saf mısın?"
"Aaaa, hay aklınla bin yaşa, doğru ya, konsepte hiç uygun değil..."

Zeki insan herkese lazım...

Dönüp evde film izledik. Ben erkenden uyudum. O da yanıma geldi. Ben tam 15 saat uyumuşum. Gece rüyamda hep Bertan'ı gördüm. Bile bile uyanmadım. Bir rüya bitti, diğeri başladı, hepsinde Bertan'laydım. Bu arada gece regl oldum ve Doruk da ben de buna hiç üzülmedik...

Pazar günü, akşamına İstanbul'a döneceğim için hızlı şehir turu, "Artık iyi misin?" yoklamaları ve biraz da ordaki mağazalardan yapılan alışverişle geçti... Sonra beni havaalanına bıraktı. Artık kendimi çok mutlu, çok yenilenmiş ve her şeyi atlatmış gibi hissediyordum. Regldim ve ilk kez mutsuz değildim... Eve döndüm, ertesi gün giyeceğim kıyafetlerimi hazırladım ve uyudum...

Bu arada,
Sabah uyanınca dişlerini fırçalayan "anlayamamış"
adam Bertan: 0
Her normal insan gibi gece yatmadan dişlerini fırçalayan
Doruk: 1
Her istediğime, istediğim an "tamam" diyen Doruk: 1
İstediğim şeyleri özellikle yapmayan Bertan: 0
Gece uyurken sevdiğim parfümüyle yıkandıktan sonra bana
sarılıp uyuyan Doruk: 1
Gece uyurken dokunacak yerimi arayan, en kötü, ayaklarıma
ayaklarıyla dokunan ayıların ayısı Bertan: 1
Ah ama yine de Bertan... Bertan'ıma kanaat notum: 100!

Bertan

Biraz hafifledim sanki, biraz buruldum ama sonra çocuklarla içmeye çıktık... Her zamanki yerlere gittik, her zamanki kadınlarlaydık, gece her zamanki gibi gitti...

Bu arada Facebook'um hacklendi galiba ya, giremiyorum kaç gündür, ne olup bitiyor acaba...

Doruk

Senelerdir bunun muhabbetini yaparız ama kıçını kaldırıp da gelmez yanıma Renda hanım... İlk kez böyle kararlı halde aradı, hemen biletini aldı ve bana saatini söyledi. Tabii ki bunun nedeni bir erkekti, hemen anladım. Zaten onun da sakladığı yoktu ama meraklı adamımdır, geleceği kesinleştikten sonra Twitter ve Facebook'una baktım hemen anladım tabi yine terk edilmiş.

Neyse dedim, nasılsa benim kız arkadaşımla aramda güvene dayalı bir ilişki var, o yüzden çekinmeden Renda'yı davet ettim, geldi, yedik, içtik, seviştik... Resmen hayır için yaptım bunları, mutsuzdu çünkü. Yani bence aldatmak değil bu, yardım etmek. Eğer ona karşı bir şey hissetseydim bu aldatmak olurdu tabii ki ve bana asla yakışmazdı...

İstanbul'a dönerken bana âşık olmuş gibiydi, neyse, umarım peşime düşmez yoksa kız arkadaşıma ne derim?

Ayrılık acısının güzel yanı da yok değildi...

Demet Akalın'ın şarkılarının yürüyen hali gibiydim... İçimde hiç üzüntü yoktu. Kalbim kırıktı ama umursayacak değildim. Bertan'ı düşünmüyordum. Düşünsem de üzülmüyordum.

Tanıştığım, tanıdığım ve hoşlandığım her erkeğin beni ondan kurtarmasını bekliyordum. Öyle diliyordum. Evet, kimse beni bu salaktan kurtarmak için dünyaya gelmemişti ama tek dileğim buydu.

Ayrılığın üzerinden tam 21 gün geçmişti. Bu arada 4 kilo vermiştim. Ne zaman yemeklere yanaşsam aklıma o geliyordu. İştahım kaçıyordu...

Diyet yapmadan tam 4 kilo vermiştim. Tamı tamına 4 kilo! Kendimi o kadar iyi hissediyordum ki, bu adamı bir süre daha unutamasam da 10 kilo verene kadar böyle aşk acısıyla mı yaşasam, diyordum. Bari bir işe yarasın denyo...

Ayrılık onun için sınırsız seks ile geçiyordu, eminim. Çünkü bu arada bana da "ya tutarsa" diye mesaj attı. Neyse ki mesajını sabah gördüm, zaten çok da önemli bir şey yazmamış, "Bana gel" yazmış, gecenin 2 buçuğunda atmış. Yine benden sonra aradığı o kadına gitmiştir belki, belki bu mesajına cevap alamayınca hemen ona da göndermiştir aynı mesajı...

İçim acıyordu böyle düşününce.

Benden sonra hiç kimseye kahvaltı hazırladı mı acaba? Benim ona aldığım kupalarla kahve içti mi, içtiler mi başka kadınlar da? Evine yeni şeyler aldı mı? Ev daha da güzelleşti mi ben yokken? Çok merak ediyordum.

Düşündükçe göğüs kafesim sıkışıyordu, iç organlarım ağrıyordu... Onu ben göremiyordum, başka kadınlar görüyordu... Keşke Bertan benim için 5 sene öncede kalsaydı, keşke salak hayallerim hiç gerçek olmasaydı, keşke yine imkânsız olsaydı, keşke böyle üzülmeseydim ya da keşke "bitsin" demeseydim ona...

Önceki gün bir markamızın daveti vardı. Tabii bizim dışımızdaki ajanslar da, diğer markalar da... Yine aynı markanın başka bir eventinde de uzaktan görüp beğendiğim Selim Yüce'yi gördüm. İşte benim tipim bu! Herkesin burun kıvırdığı ama yakışıklılığının tamamını başarısından alan bir tekstilci. Üstelik Bertan kerestesi gibi de değil. Zengin adam. Ama nasıl zengin, duruşundan, bakışından, paçalarından zenginlik akıyor, jilet gibi...

Onu incelerken düşündüm, bu da kesin 3-5 sene sonra benim olur. Ama Bertan gibi, hem olur hem olmaz. Seneler önce Bertan'ı izleyerek dilediğim gibi bir şey dilemedim o yüzden. O kadar zengin adamla nasıl uğraşırsın ki zaten? Zor iş.

Bertan'ın yanına istediğini giyip gidiyordun çünkü kendisi de derbeder olduğu için anlamıyordu. Ama bu? İndirim reyonundan aldığım şeylerle mi gideceğim yanına, yoksa çakma Louis Vuitton çantamla mı? Pasajlardan aldığım elbiselerle mi yoksa renkli pantolonlarımla mı? İhraç fazlası tekstil ürünlerinin buluşma noktası olan gardırobum zaten onunla tek bir buluşmaya bile hazır değildi.

Yanındaki kadınların tiplerinden belliydi zaten. Çirkin mirkin ama benim gibi değil, zengin kadınlardı... Boyları da uzundu... Hiç kırılmamış, hiç üzülmemiş, hiç kaybetmemiş, hep kazanmış gibiydiler... Üniversiteyi de yurtdışında okumuşlardı kesin...

Boyumu aşan erkeklerle boyumu aşan şeyler yaşama fikri bile beni hayattan soğutur oldu. Adama biraz daha baksaydım Bertan'ı arayacaktım beni bırakmaması için... Kafamı çevirip başka yere baktım ve bir başka ajans başkanıyla göz göze geldim. Bana göz kırptı. Benden daha kısa hali, upuzun saçları, tuhaf sakalı ve cana yakın gülüşüyle bana göz kırptı... Onun şirinliğini bile görecek halde değildim ama. Çünkü patronumla konuşan tekstil devi Selim'in yanına oldukça yaklaşmış, tanışmayı beklemeye başlamıştım...

"Ah! Rendacığım, gel, Selim, bu Renda, benim sağ kolum."
"Merhaba."

Elini uzattı, sıktım. Elinin içi yumuşacıktı. Benimki soğuk soğuk terlemişti, onunki benimki gibi değildi. Elimi geri çektikten sonra diğer elimle kendi elimi kontrol ettim, evet, onunki daha yumuşaktı. Gözleri yeşildi ama hani ne renk olduğu belli olmayan koyu yeşillerden... Çok güzel kokuyordu. Dişleri çok güzeldi, üzerindekiler de ne şıktı...

Yanında durmuş ona karşı salya akıtırken patronumun bana baktığını fark ettim. Allah bilir nasıl bakıyorsam adama, hemen anlamıştı. Yanımızdan geçen garsondan iki içki alıp ikimize verdi ve başka bir grubun yanına gitti.

"Ajansınıza uzun süredir bir türlü gelemedim Renda, Hakan ile yediğimiz öğlen yemeklerinde hep ajans yakınlardaki restoranlarda buluşuruz. Bundan sonrakine sen de gelsene, hatta Hakan'a bunu bizzat ben söylerim, tahmin edersin ki erkek erkeğe yemek yemek o kadar da eğlenceli değil..."
"Tabii ki gelirim."

Diyecek bir şey bulamadım, ne diyim ben bu güzelliğe, utanmasam, "Bir fotoğraf çekilebilir miyiz?" diyecektim.

"Ben de markanızdan çok severek alışveriş yapıyorum Selim Bey, hepsi tam benlik!"
"Öyle mi, çok sevindim, sana da çok yakışır..."
"Selim, hadi çıkıyoruz, gitmemiz gereken bir davet daha var."

Şıllık kadınlar, hemen gelip aldılar erkeğimi elimden...

"Görüşürüz Rendacığım. Hakan, sen, ben... Dediğim gibi, en kısa zamanda..."
"Tamam."

El salladım adama. Adam yanımdayken el salladım. Ve evet, Hakan Bey geliyordu yanıma, yandık...

"Eee Rendacığım, Selim'le ne konuştunuz? Sen onu bu kadar beğeniyor muydun yahu, söyleseydin yemeklere seni de yanımda götürürdüm!"
"Evet o da öyle söyledi Hakan Bey, artık anca beraber kanca beraber, lütfen..."

Hakan bey gülümseyerek elini omzuma attı, biraz daha takıldıktan sonra da çıktık biz de... Ellerim Selim Selim kokuyordu.

Selim beni Bertan'dan kurtarırdı... İstese yapardı bunu...

Sonra da dil kurslarına gönderir, İtalyancayla İspanyolcayı su gibi konuştururdu (hatta birkaç dil daha mı öğrensem)...

Kendi şirketinde bir görev verirdi...

E, zaten ek banka kartı çıkarttırırdı...

Sonra gelsin Prada'lar, gelsin Burberry'ler Louis Vuitton'lar...

Böyle bir hayatın hayali bile yorucuyken, onunla olmanın hayali bile heyecan vericiydi...

Ayrılık acısının güzel yanı da yok değildi...

Selim

Renda çok hoş bir genç kadın, annemin gençliğine benziyor... Görür görmez evimizin başköşesindeki o fotoğraflar gözümün önüne geldi, şaşırtıcı bir benzerlik bu... Hakan da ara sıra bu kızla mesajlaşır gülerdi, yardımcım çok komik kız, çok da zeki derdi, merak ederdim.

Sonunda tanışma fırsatı bulduk, bu hafta ona bir sürpriz yapmak gibi bir planım var, bakalım... Çünkü güzel kadın... Güzel kadınları severim...

Bertan

Renda'yı özledim. Ama mantıklı olmak gerek, hâlâ aynı şeyi savunuyorum... Onun bir ilişkide istediği şeyler bana uymuyor, benimki de ona. Ya o benim istediğimi kabul edecek ya da böyle devam edecek. Tabii ki başka kadınlarla birlikte oluyorum bu ara, ama hiçbiri Renda gibi değil. Zaten ben onlara gidiyorum, onlar bana gelmiyor...

Renda'nın bizim için aldığı kupaları görünce kötü oluyordum eskiden. Sonra onları rafın en arkasına yerleştirdim yine, pek görmüyorum. Sabahları da evde kahvaltı yapacak vakit bırakmıyorum kendime. Ben düşünmesem de bizimkilere söylediğim için hepsi hatırlatıyorlar sağ olsunlar, hiç unutmaya fırsat bulamadım o yüzden... Herkes sürekli onun nerde, nasıl olduğunu, ne yaptığını soruyor. Tamamen bitirdiğimizi söylemedim, belki barışırız... Bir de o zaman haber vermeye gerek olmasın diye... Galiba onu çok özledim.

Ama aramam, aşk acısı çekmeyi severim, hem belki o ikna olur, o arar...

Oooo ooooo o da seviyor!

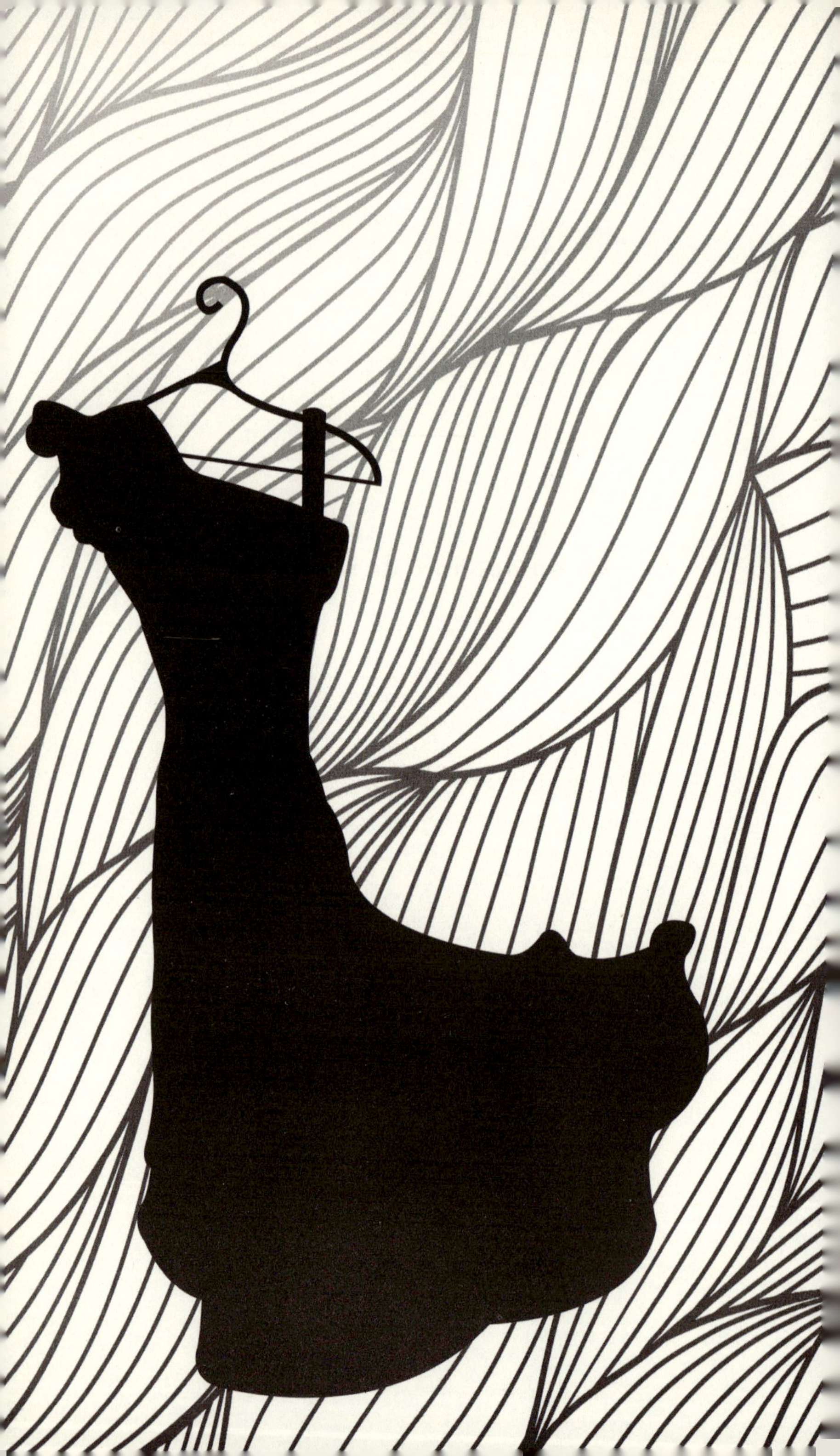

Biraz önce elime bir posta geçti. Selim göndermiş. Markasının yeni koleksiyonundan birkaç kıyafet ve değiştirme kartı. Hem de bir not ile

"Tekrar söylüyorum, sana çok yakışır Renda,
Sevgiler,
S.Y."

Ulan ben bu adamın bu cool imzasını yerim. Ben bu kıyafetleri benim için seçen ellerini de yerim. Tüm bunları düşünen zekâsını da yerim, jelibon musun sen adam!

Hemen herkese anlatmalıyım. Bıraksan, resmi gazeteye ilan da veririm, herkes duysun çünkü...

"Alo Pelin, ne oldu bil!"
"Bertan evlenme teklifi etti de de düşüp bayılayım!"
"Aslında o daha bomba habermiş yahu, şimdi daha az şaşıracaksın, tüh!"
"Söyle bakayım ne oldu, ben karar veririm hangisi daha bomba."
"Sıkı dur! Selim Yüce bana bir hediye göndermiş. Markasının yeni sezon ürünlerinden birkaç parça hem de... Bir de not yazmış erkeğim ya... Bak okuyorum 'Tekrar söylüyorum, sana çok yakışır Renda, sevgiler. S.Y.'
Nasıl ama?"
"Vay anasını, diyorum kızım. Pes diyorum. Yani Bertan'ın evlenme teklifi etmesi acayip olurdu da, şimdi de başına talih kuşu kondu, e bu da bombaymış bayağı..."
"Bedenlerini de S göndermiş, adamdaki kibarlığa bak, gerçi zayıfladım bu ara ama bir S beden değilim, belli. Demek ki onun gözünde öyleyim. Güzeeel!"
"Hadi akşam bi' kahve içelim. Durum değerlendirmesi yaparız."
"Olur olur, konuşuruz, hadi bye!"

Hediyelerimi biraz daha sevip inceledikten sonra, Selim beye bir e-mail atmaya karar verdim...

"Selim bey,
Ne kadar zarifsiniz, gerçekten çok mutlu oldum.
Sevgiler,
R.T."

Renda Tüzün, Renda Yüce olabilecek miydi... Merak edilen soruların cevapları önümüzdeki birkaç gün içinde verilecekti...

Aslında bu adamı zaten beğeniyordum da, bir yandan da birlikte olsak, tüm Türkiye duysa, Bertan malı da anca TV'de görse beni, ünlü ve zengin kocamla sosyete dergilerinden takip etse... Neler kaçırdığını anlasa keşke, keşke çok pişman olsa. Keşke tüm bunlar hemen olsa...

Yess! Selim'in cevabı gecikmedi...

"Güle güle giy Rendacığım, bu arada yemek sözünü de unutmuş değilim, Hakan seyahate çıkıyor sanırım yarın, olsun, onun yerine yarınki öğlen yemeğimi seninle yesem kızar mı? Ne dersin?"

Allah derim Selim Allah derim!

Tamam, çok kilo vermiş sayılmam henüz ama dip boyamı yeni yaptırdım, akşama manikürcümden randevu alırsam, bu iş tamam. Şimdi sadece ne giyeceğimi düşünmeliyim... Aslında jest olsun diye bu adamın gönderdiklerini giymek vardı ama işin yoksa mağazasına git hepsini M bedenleri ile değiştir bu akşam...

Hem de hiç elbisem yokmuş da onun gönderdiklerine muhtaçmışım gibi gözükmesini de ayrıca istemem...

Garanti kombin lazım bana. Hemen Facebook fotoğraflarımdan kıyafet seçeyim bari...

"Alo? Hilal, akşama maniküre geliyorum, yarına önemli bir görüşmem var."
"Rendoş, yoksa Bertan mı? Hayatta göndermem seni ona. Hayır Rendoş yapmıyorum manikür falan!"
"Yaaa manyak mısın kızım ben hayatımda böyle manikürcü görmedim yahu, annem misin nesin her seferinde sana açıklama yapıyorum... Bertan değil, iş yemeği bu!"
"Ha, flört yok yani!"
"Yok beee, ne gezer, akşama kimseyi alma, hadi bye..."

Buna da bir kez aşk hayatını anlatıyorsun, anne kesiliyor. Eminim Bertan'ın beni kullandığını düşünüyor. Herkes öyle düşünüyor. Ama sadece ben onun beni ne kadar sevdiğini hissedebilirim. Ben o sevgiden adım gibi emindim.

Hakan Bey yarın yurtdışına çıkacağı için o gün ajansta yoktu. Aslında o yokken erken çıkıp istediğimi yapabilirdim ama aksine, daha sorumlu hissediyordum kendimi. O yüzden 6'dan bir dakika erken çıkmayacaktım. Ajansta işler biraz yoğundu. Bana bağlı giden birçok iş vardı. Allahh, Selim'ime cevap vermedim!

"Tabii ki kızmaz. Onun yokluğunda her işini hallettiğim gibi, sizinle öğlen yemeğine de seve seve çıkarım. Kanyon nasıl?"

"13.00, Kanyon, diyelim o zaman Rendacığım, geldiğinde haberleşiriz."

Yarına ne giymem gerektiğini hâlâ bulamadım. Spor olmamam gerektiğini biliyorum sadece. Acaba deri tayt mı giysem? Şöyle Zerrin Özer gibi bir giriş yapsam mekâna?

Resmen heyecanım kaçtı. Keşke bir anda iptal olsa. Böyle durumlarda tek duam, "Keşke iptal olsa da gitmesem!" oluyor ama henüz kabul olduğunu görmedim...

A-ha! Selim'den bir e-mail daha...

"Rendacığım, şu anda Ankara'ya gitmem gerekti acil olarak, döndüğüm an yemek yiyeceğiz, iptal etmiyoruz, erteliyoruz, Hakan gelmeden, baş başa..."

İçime bir sıcaklık aktı. Bu ne serserilik? Hakan bey gelmeden benimle baş başa yemek yemek istiyor! Gerçekten çok rahatladım, başka bir şey dileseymişim olacakmış. Ama iyi ki bu olmuş... Hem biraz daha konuşmuş oluruz belki. Tabii önce şu iş mailinden çıkmamız lazım...

*"Hiç problem değil. Bu arada telefon numaram 05......
Selim Bey, lazım olursa diye:)"*

Bana biraz zaman kaldı, iyi oldu... Hem, bu arada ne giyeceğimi düşünürüm, alışveriş yaparım, kızlarla buluşur ve onun hakkında da araştırma yaparım...

Pelin

Valla bu kızda çirkin şansı var. Ulan bir kez de ünsüz adam bul be! Nerden buluyor, nerden tanışıyor nasıl flörtleşiyor anlayamadım gitti. Bir de kendisine hediye göndertmiş resmen... Ben bu kızdan ders almalıyım. Evet yani benim bu açığımı kapatmam lazım en acilinden... Gerçekten şu an çok sinirli ve şaşkınım. Oldu olacak Bertan da kapısına köle olsun da ben kıskanmaktan bileklerimi keseyim...

Selim

Bir şeyi ne kadar çok istersem o kadar engel çıkıyor... Hakan yokken daha rahat olurum diye düşünerek Renda ile yemeğe çıkalım, dedim, onda da işler peşimi bırakmadı... Hediye göndermek için çok erken miydi acaba? Hiç anlamam bu işlerden... Kız arkadaşlarım genellikle yurtdışına gittiğimizde beğendikleri şeyleri söylerlerdi...

Şimdi ucuz hediye mi oldu acaba bu? Tabii, ayıp oldu kıza... Acaba tam bedenini de mi sorsaydım? Sekreterime söyledim, o da kafasına göre beden seçmiş getirmiş, kız arkadaşlarım genellikle manken oldukları için, Renda ortalamanın biraz üstünde kalıyor. Ama olsun, belki onların içine girmek için biraz zayıflamaya karar verir... Umarım!

Neyse, artık doğru düzgün tanışsak da ne olacağını görsek... Evet, kız arkadaşım var ama zaten bir yıldır aynı kadınla birlikteyim, biraz Google araması ile hepsine hâkim olabilir... Renda'ya tabii ki ikinci kadın muamelesi yapmıyorum ama onunla uzun uzun konuşmamız lazım, buluşmamız lazım. İstiyorum.

"Aslında hiç hazırlanmamışsın,
bu her zamanki halinmiş gibi…"

Selim ile sabah-akşam konuşuyoruz. Ama flört gibi değil, onun da söylediği gibi, sanırım biz "mektup arkadaşı" olduk... Hâlâ gelemedi Ankara'dan. Bu arada kız arkadaşı olduğunu da öğrendim. Biraz üzüldüm, sonra kendimi iyice arkadaşı olmaya hazırladım. Hiçbir işe yaramasa da beni Bertan'dan kurtarmaya yaradı çünkü. Şimdi onun sayesinde aşk acısı çekmiyorum. Aksi halde halimi düşünemiyordum.

Bertan'dan da hiç ses yok. Belki de o da başkasını bulmuştur. Böyle düşününce biraz buruldum ama birazdan Selim mesaj atar ve yine onu düşünmekten vazgeçerim biliyorum...

Selim, sabah-akşam bana yazabildiğine göre, kız arkadaşıyla birlikte yaşamıyor olabilir. Ama evleneceğini söyledi. Diğer yandan da evliliği yürütebileceğine inanmadığını... Sanırım uzun bir ilişkiymiş ve bu da kızı oyaladığını düşünüp, sadece o mutlu olsun diye evlenme teklif etmiş. Hiç kıskanmadım. Selim'in benimle olmasını isterdim ama şimdi sakince o kadının evlenip hevesini almasını bekleyebilirim...

Selim, Bertan'la kıyaslayınca tam bir beyefendi. Nasıl ilgili, nasıl kibar, nasıl tatlı... Bertan, karşısındakiyle ilgilenmeyi, ona sevgi gösterisinde bulunmayı günah sanıyor olabilir. Sevgiye ve ilgiye öyle hasret kalmıştım ki, bu ara hem biraz şaşkın hem de yeniden özgüven sahibiyim...

Bertan'ın karşısındayken kendime hiç güvenmezdim, hiçbir şeyimi beğenmezdim, hiçbir özelliğimin olmadığını düşünürdüm. Kaybedenler kulübündeydim. O da ordaydı. Biz hayatta çok da ön plana çıkmayan, çıkmayacak olan insanlardık. Bana saygı duymuyordu. Bense ona hayranlık duyuyordum. O ilişki beni bitirdi. Ben olmaktan çıkardı. Bana göre herkes çok güzel ve herkes çok başarılıydı ama ben değildim, hiçbir zaman da olamayacaktım...

Ama Selim, sadece mesajlaşırken bile bana saygı duyduğunu ve yaptıklarıma hayranlık duyduğunu bir şekilde hissettiriyor. Kendimi işe yarar biri olarak görmeye başladım. Biraz da Hakan Beyden duyduklarından bahsedince, şu hayatta gerçekten bir değerimin olduğunu hatırlamaya başladım. Selim, hiçbir şey yapmasa da yapmayacak olsa da beni kendime getirdi, bu bile tek başına onu çok sevme nedeni...

Püren ile buluştuk. Ona Selim Yüce'den bahsettim. Öyle iyi, öyle zarif, öyle tatlı ki... "Tatlım, bu ara fotoğraflarına bakıyorum da, sen gerçek bir ayrılık yaşıyorsun, arkadaşlarınla gülüyorsun, eğleniyorsun, kendine geliyorsun, kilo veriyor, hayatına çeki düzen veriyorsun. Sen ciddi bir ayrılık yaşıyorsun ve bunu olabilecek en güzel şekilde atlatıyorsun;

"Aslında hiç hazırlanmamışsın, bu her zamanki halinmiş gibi..."

ondan daha üstün niteliklere sahip olan bir adamla... Kimse bu kadar şanslı olmuyor, biliyorsun değil mi? İnsanlar ya depresyona giriyor ya kendini sokaklara atıyor ya kuaföre gidip abuk sabuk şeyler yapıyorlar... Ama sen öyle şanslısın ki, belki Bertan ile ilgili olan her şanssızlığının telafisidir tüm bunlar... Ne dersin?"

Huzur buldum, derim Püren, ne diyim?

Püren dışındaki diğer arkadaşlarım, biraz da aramızdaki samimiyetin verdiği cesaretle bazen çok kırıcı olabiliyorlar. Aslında beni sevmiyor değiller ama laflarına dikkat etmiyorlar işte. Ben de biliyorum o kadar da güzel olmadığımı ya da boyumu aşan adamlara göz koyduğumu... Ama hayat bu, daha kötüsüne bakmazsın ki hiç!

Hep senden daha iyisine, hep ulaşamayacağına takılıp kalırsın... Onu elde etmeye çalışırsın. Şanslıysan olur, şanssızsan olmaz. Olmaması da normaldir zaten genelde...

Püren'in benim adıma mutlu olması bittiğinde kahvelerimiz de çoktan bitmişti ve garsonlar ne zaman kalkacağımızı merak etmeye başlamıştı. Kafamızda Selim Yüce kombini yaptık. Daha doğrusu o benim konuşmama yine izin vermedi ve kombini kendisi yaptı...

"Tatlım, şimdi öncelikle boynundaki şu üç kolye de çıkmıyor. Bence çok seksi duruyor çünkü... Sorarsa 'uğur kolyelerim' falan dersin... Ve tabii ki ne kadar hazırlanmış olsan da o hal, senin her zamanki halinmiş gibi davranmalısın... Ne giymek istiyorsun? Benim aklımda şöyle bir kombin var: Omzu habire düşen siyah, seksi bir bluz, yırtık skinny jean, stiletto, şık bir ceket ve clutch. Nasıl? Saçlar açık tabii, şöyle savurursun yandan... Bence nefis olur..."

Dediği her şeyi onayladım. Çünkü evlenmek üzere... Bu işlerin kitabını yazmıştır evlenmek üzere olduğuna göre, değil mi? Hayır.

Bence hayır. Ama ona hayır diyemiyorum çünkü beni seviyor. Sevgiyi hissettiğim yerde, karşımdaki insanın her dediğine "tamam" demek istiyorum. Çünkü böyle bir sevgiyi her zaman hissetmiyorum.

Aslında söylediği kombin öyle rahatsız ki, yanına gittiğimde, normalde öyle giyinmediğimi anlayacak. Hem sonra, Hakan Bey ile bundan sonraki görüşmelerinde de beni görecek, her gün mü böyle takılacağım, çok zor. Bir kere o imajı veremeyeceğiz, onu bi' unutalım. Ama dediği kombin güzel. Mağazaların yeni sezonlarına baktık, beğendiklerimizi aldım. Kredi kartım ağzına kadar doldu. Neyse artık, bu adam için değer...

Günün sonunda Selim ile buluşma günümüzü de ayarladık, önümüzdeki Çarşamba... Perşembe zaten Hakan Beyin dönüş günü.

Selim Yüce, bildiğin, yangından mal kaçırıyordu...

Püren

Bu kızcağıza çok üzülüyorum, hiç hak etmiyor bu kadar yalnız kalmayı... Etrafta ne kadar salak varsa bunu buluyor. O Selim de sağlam pabuç değil, sevgilisi duysa doğrar onu ama bizim kıza da Bertan'ı unutturdu, kötünün iyisi, bir şey de diyemiyorum... Renda'nın patronu olan Hakan da benim eski erkek arkadaşım zaten, bunlar Selim'le birlikte olsa, biz çift çift görüşsek, Hakan delirmez mi? Delirir...

Haydi bastır Renda!

**Kirpi de yavrusunu
"pamuğum" diye severmiş...**

Selim'i düşündükçe içim açılıyordu. Arada Google'dan fotoğraflarına bakıp nasıl da yakışıklı, diye iç geçiriyordum... Bizim kızları da arada, "Çok yakışıklı değil mi? Ya acayip tatlı baksana şu kaşa göze, yahu ben yerim bu adamı!" diye darlıyordum ve onlar da "Yani... Biraz abartıyor olabilirsin..." gibi şeyler söylüyordu. Amaaan, onlar ne anlardı, hepsi birbirinden zevksizdi, buldukları adamlara bak, âşık oldukları tiplere bak, benim Selim'im nerdee, onların paçozları nerde...

Geçen gün bir arkadaşımın doğum günü partisi vardı... Sevgilisini deliler gibi kıskanan, senelerdir sırf bu yüzden huzurlu bir ilişki yaşayamayan bir arkadaşım da geldi doğum gününe... O ana kadar sevgilisiyle tanışmamıştım. Ama senelerdir göremediğim, tanışamadığım adamı çok da merak ediyordum. Çünkü arkadaşım olacak psikopat manyak geri zekâlı, adamla olan bütün fotoğraflarında adamın yüzünü gizliyordu. Ya bizimkinin kafası adamın kafasının önünde ve yüzünün yarısını kaplamış ya bizimki saçlarını adamın yüzüne doğru sarkıtmış ve esprili bir poz vermiş ya adam bizimkine bizimki de adama bakıyor ya da adamın sırtı dönük, bu da kameraya bakıyor. Yani bu kıymetli adamı bir türlü göremedik arkadaş...

Tabii böyle olunca da çok merak ettik topluca. Çünkü zengindi, galerisi vardı, bir sürü ünlü arabasını ondan alıyordu, kankaları da hep ünlüydü. Gece gezmelerini, içkiyi ve eğlenceyi de çok seviyordu...

Bizimki de sürekli, "Haklı zaten bu mankenler-oyuncular, benimkini görüyorlar hem genç hem yakışıklı hem zengin... Yapışıyorlar tabii, bırakırlar mı?" diyordu.

Biz de sürekli kızı sakinleştirmeye çalışıyorduk... Neyse, sonunda o yıllardır beklediğimiz an gelmişti... Çocuk sonunda bizimkine evlenme teklifi etmiş, ilişkileri biraz olsun düzelmiş ve arkadaş ortamımıza bir çift olarak girmeye hazır hale gelmişlerdi...

Sonunda bar kapısından içeriye girdiler... Ortam biraz flu olduğu için tam seçilmiyordu ama çocuk galiba keldi, biraz da şişman... Yaklaştı, hepimizle tek tek tanıştı. Eğer grip değilse, burnundan konuşuyordu. Ayrıca bildiğin, bariz, resmen şaşıydı... Arkadaşıma baktım, gerçekten güzel bir kızdı. Çocuğa baktım, bunun neresi yakışıklıydı? Ulan bunun neresi kıskanılırdı? O mankenler, o oyuncular bunu ne yapsındı he, ne yapsındı! Bu Ali Efe, bizim kıza büyü mü yaptırmıştı!

Neyse, iyi kalplidir belki diye düşündüm, aşktır, dedim geçtim... Zaten Pelin'in salak manitası da kuzuya benziyordu. Ve her seferinde "Buksunu güzlürünü uuuu!" diye, dudaklarını büzüştürerek adamın yeni fotoğraflarını bana gösteriyordu... Telefona tiksinir gibi bakarken bir başka arkadaşımız fotoğrafımı çekmişti ve ben bile kendi çirkinliğime gülmüştüm...

Ve bu aklıma şunu getirdi: Demek ki Selim'im de GERÇEKTEN çirkindi, yaşasın! Yaşasın, ona hayran olan tek kadın bendim, bana kalacaktı sonunda. Başka kimseye bana geldiği kadar güzel gelemezdi...

Aylin

Off, o gün götürdüm sevgilimi benim bi arkadaşın doğum günü partisine, götürdüğüme bin pişman oldum ya! Ertesi gün bir baktım, bizim kızlarla arkadaş olmuş Facebook'tan, yahu siz ne kaşar karılarsınız yahu...

Ulan siz ne aç insanlarsınız, bize sevgilimle huzur dolu bir hayatı çok mu görüyorsunuz, pislikler! Zaten bütün gece Ali Efe'mi kesmeler, ona bakarak konuşmalar falan... Anlamadığımı mı sanıyorsunuz? Şeytan diyor al adamı git uzaklara, kimse ulaşamasın!

Ali Efe

İyi ki gitmişim doğum gününe yahu, en sonunda bizimkinin kontrolünde de olsa benim de kız arkadaşlarım olacak... Bizim çocuklara hep söz veriyorum manita ayarlayacağım, diye, Aylin yüzünden kimseyle tanışamıyorum ki! Neyse, sonunda onun arkadaşlarıyla arkadaş oldum da, birlikte takılır, bizim çocuklara da bunun arkadaşlarını ayarlar, sevaba gireriz...

Kızların hepsini ekledim Facebook'tan, çocuklarla ilk buluşmada albümlerinde gezinir, en uygun kızı seçeriz artık... Zaten hiçbiri de o kadar güzel değil, bizim çocuklardan iyisini mi bulacaklar?

Dünya biraz fazla küçük...

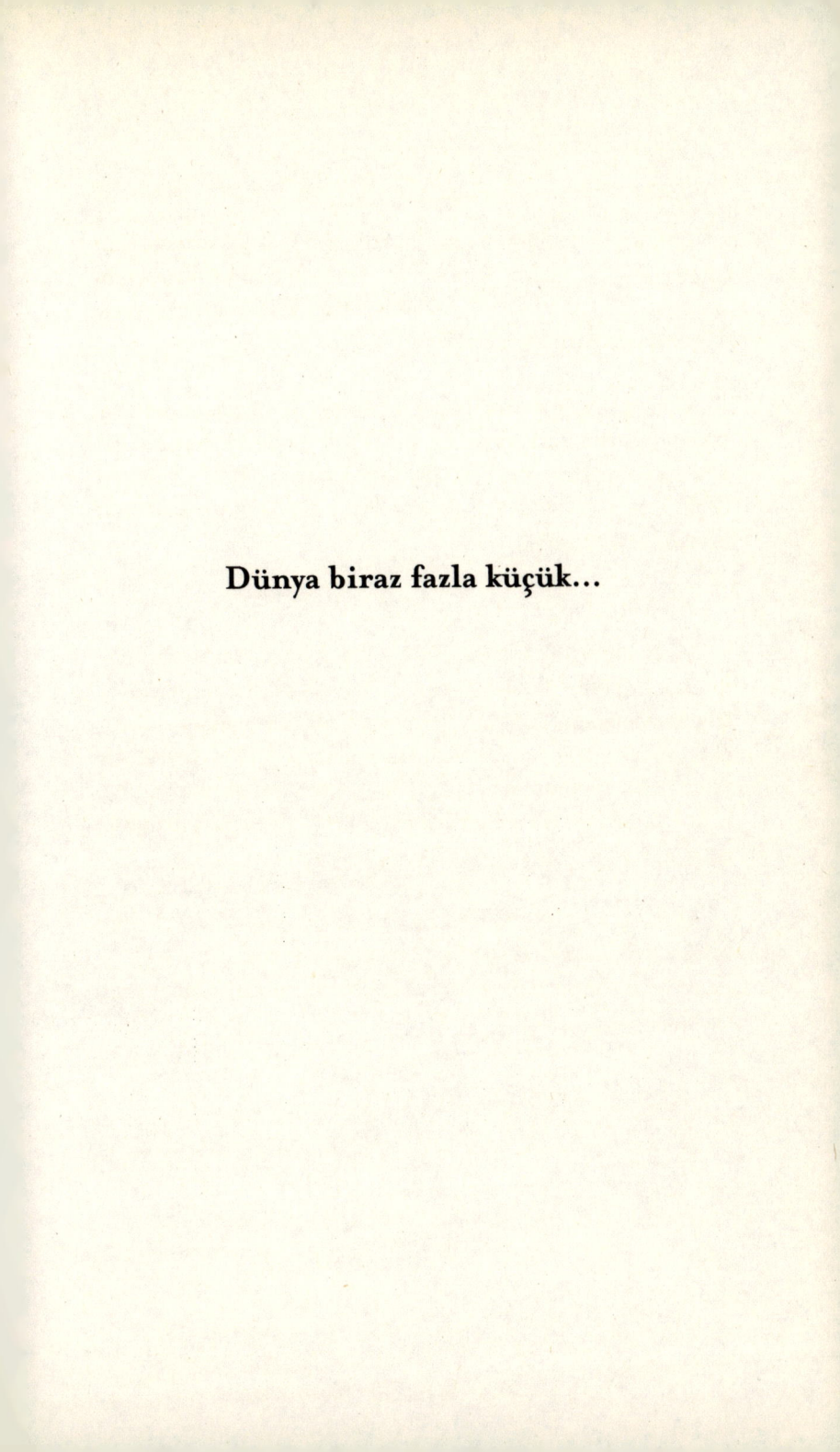

Sibel ile buluştuk. Yeni âşık olmuş. Yine âşık olmuş. Anlata anlata bitiremedi...

Ben ne zaman Selim'den bahsedecek olsam, onun aklına yeni sevgilisiyle ilgili anlatmayı unuttuğu bir detay geliyor. Kaç kez, "Lafını unutma" diyip yarım saat konuştuğunu saymadım bile... Cumartesim ziyan oldu. Sevgilisinden ayrılana kadar onunla görüşmemeye karar verdim...

Bertan'ı sordu o da. Selim, diyorum; Bertan, diyor... Neden herkesin ilgisini Bertan çekiyor, anlayabilmiş değilim, anlatmaya hevesli de değilim... Herkes biten ilişkimin detaylarını öğrenmeye biraz fazla meraklı.

Ben de anlatmadıklarımı anlatınca ortaya minicik bir şema çıktı. Bertan'ın alt kat komşusu olan kâbusum, bizim Sibel'in çocukluk arkadaşıymış meğer... Bertan'ın arkadaşının sevgilisi de Sibel'in kankasıymış.

Benimle uzaktan da olsa ilgisi olan insanların Bertan'ı da tanıma ihtimallerinin olması hiç hoşuma gitmedi. Sanki anlattıklarımı bir de ondan dinleyebilirlermiş, dinledikten sonra da beni sevmemeye başlarlarmış gibi...

Hatta belki de yaşadıklarımı benden daha iyi biliyorlardır. Belki de o da anlatmıştır... Bu konular midemi ağrıtmaya başlamışken, Bertan'ın abisi olan Sertan'ın beni Facebook'tan ekleyip Twitter'dan da takip etmeye başladığını söyledim. Çok şaşırdı. Ulan neyine şaşırıyorsun, sanki adamı tanıyorsun da, utanmasan, "Benim bildiğim Bertan ailesine kimseden bahsetmezdi ama..." diyeceksin.

Bertan abisine beni nasıl anlatmaya başladı acaba? Mesela düşünsene, rakı sofrasındalar Bertan'la abisi, bizimki çok efkârlanmış, "Abi" diyor, "İçim yanıyor içim, çok seviyorum be abi, bak terk etti beni, o da üzülüyor belli ki, ben n'apıcam onsuz be abi!" diyor. Öyle demiştir herhalde, yani koskoca 45 yaşındaki abisine ne diyip gösterecek ki beni! Hem bir şekilde aileye girmiş bulunmasam adam her yerden beni ekler mi? Eklemez. Gelinlerini izliyorlar işte. Yalnız bir sorun var, biz uzun zamandır ayrıyız. Ve galiba barışmayacağız...

Selim de gitti Ankara'ya beni unuttu. Ne yazıyor ne yazdıklarıma cevap veriyor. Mars mı geriliyor, Plüton mu geriniyor, ne oluyor benim hayatımda, neden her şey ters gidiyor? Zaten eskiden göz koyduğum bir çocuk vardı, bar işletmecisi, Can, o da yeni manita yapmış. Ona da ayrı sinirlendim...

Can'ı geçen yaz, Bertan ile konuşmaya başlamadan önce beğenmeye başlamıştım. Onu tanıyan arkadaşım da "Model sevgilisi var Renda, uzun bir ilişki hem de, seninle ilgileneceğini sanmıyorum." demişti. Şimdi kalkıp elin uzun bacaklı modeliyle kapışacak değilim, ben de Bertan'a inandım, Bertan'a güvendim, ona gittim...

Can, aylarca aklıma bile gelmedi. Gece hayatı anlayışım da değişti kışa girince, onun işlettiği gibi açık hava mekânlarından ziyade kapalı mekânlara gitmeye başladım. Zaten kış olunca öyle çok içmek de istemedi canım, hem Bertan'dan başkasını gözüm de görmüyordu, gitmedim işte...

Ben gitmeyeli bu modelden ayrılmış, pigmenin biriyle çıkmaya başlamış, o pigme bunu aldatmış, şimdi de başka bir kız bulmuş. Ben? Bu sürede Bertan ile bir arpa boyu yol alamadım. Ben Bertan'ın evine bir terliğimi, bir makyaj temizleme mendilimi bile bırakamazken, o yeni kız bu Can'ın evine yerleşivermiş. Birlikte yaşamaya başlamışlar...

Bu bilgilerden sonra sadece kafamı duvarlara vurmak istedim. Bu kadar acıyı kaldırabilecek durumda değildim. Bu arada zayıflamak cidden kısmet açıyor... Can beni bu kadar zamandan sonra görünce, bir sarıldı, bir kokladı, bir âşık gibi baktı, ben bile inanamadım... Tamam, bakışlara fazla anlam yüklüyor olabilirim.

"Sen ne kadar güzelleşmişsin, nasıl da zayıflamışsın, ne yaptın? Ben de çok kilo aldım, hemen bana sırrını vermelisin!"

Karşısındaki kadına zayıfladığını söyleyen
akıllı erkek – İN...
Karşısındaki kadından zayıflama formülü isteyen
geri zekâlı – OUT!

Ben daha bir erkeğin bir kadından zayıflama formülü istediğini duymadım. Yahu sen erkeksin, senin zayıflamak için içkiyi bırakman gerekir, gece yemeklerini kesmen gerekir, erkeklerin kendi aralarındaki sırları budur, bu şekilde zayıflarlar... Benim maydanoz suyumdan, lahana suyumdan sana ne be!

Neyse, bana sarılmasının tadını çıkardım. Bu da parfüm kullanmıyor... Hayatımdaki hiçbir erkek parfüm kullanmıyor... Can'ın beni her zaman çeken özelliği hep tertemiz olmasıydı... Dişleri, elleri, üstü-başı, yüzü bile hep tertemiz. Adam uzaktan bakınca mis kokan bir parfüm gibi...

Bertan da parfüm kullanmaz mesela. Bertan hiçbir şey kokmaz. Ne mis, ne pis. Bertan her gün aynı kazağı giyer, hep aynı postalını giyer. Postal eminim 1990 yılında alınmıştır, öyle eski ama kokmaz. Kokmuyor.

Evinde kedisi var, onun maması bile kokmuyor. O garibim hayvan bir kez gaz yapmıştı, onda da "Öfff be, ne kokuttun be! Aç camı Renda aç aç!" diyip kışın ortasında hayvanı da beni de soğuktan titretmişti... O saatten sonra o hayvan gaz çıkarır mı? Bu Renda, Bertan'ın tuvaletine gidebilir mi? Ürktük, gazımızı tutmayı öğrendik.

Can'a mı yoğunlaşsam bilemiyorum. Pelin'e haber saldım, "Yeni kız Can'ın evine yerleşmiş, yetiş!" dedim. "Yarın ilk iş Can'ı o evden taşıyoruz." dedi.

Pelin ve planları...

Bertan

Alt Komşu

Çocukluk Arkadaşı

Sibel

Ben

Birlikteydik

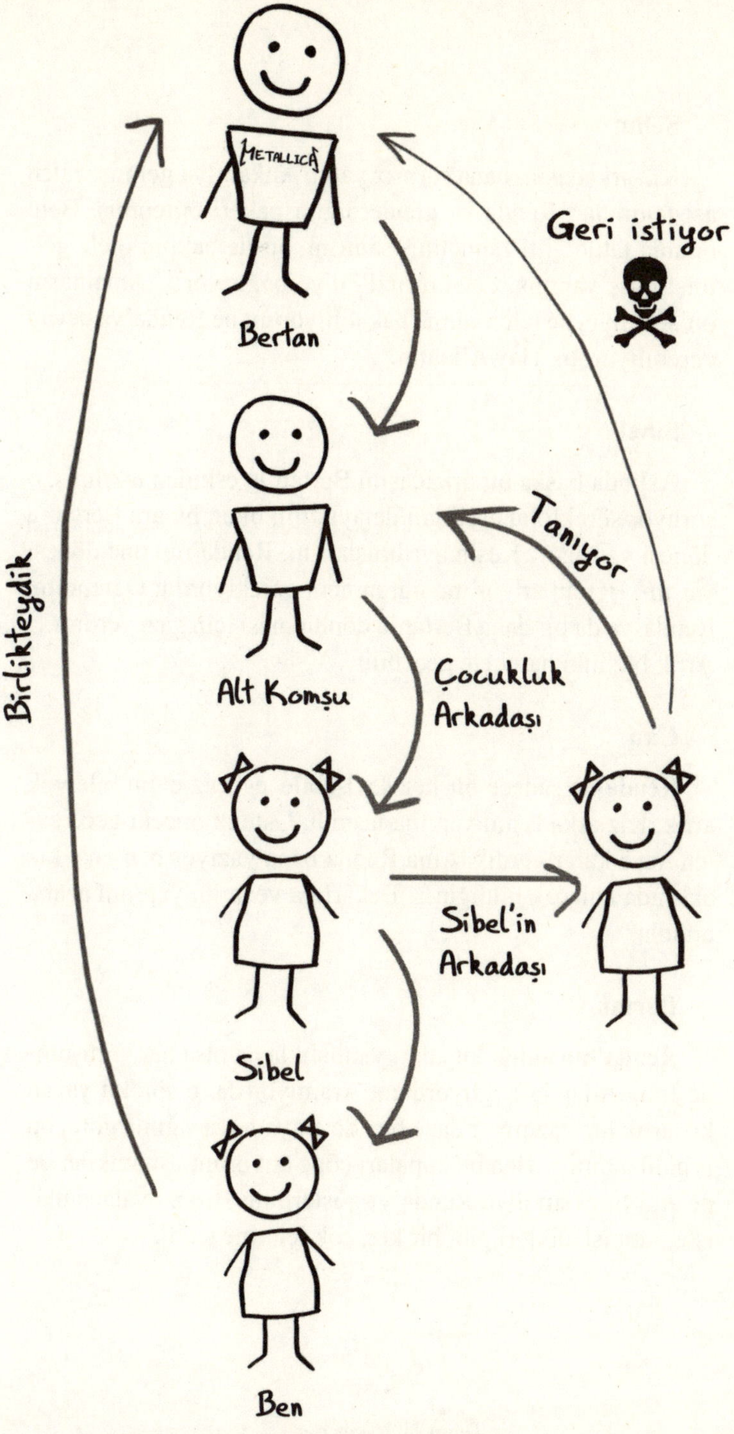
METALLICA
Bertan
Geri istiyor
Alt Komşu
Tanıyor
Çocukluk Arkadaşı
Birlikteydik
Sibel
Sibel'in Arkadaşı
Ben

Selim

Kız arkadaşım bana sürpriz yapıp Ankara'ya gelmiş, zaten asistanımdan Renda'ya gönderdiğim paketi öğrenmiş. Beni onunla tatile gitti zannetmiş sanırım, bir de baktım otele gelmiş, giriş yapmış... "Sürpriiz!" diye bağırıyor... Anlamasın bir şey diye, ne telefonuma bakabiliyorum ne Renda'ya cevap verebiliyorum. Hay Allahım...

Sibel

Aslında başka bir arkadaşım Bertan'la eskiden takılmış, o soruyor sürekli bu ayrılığın detaylarını, onun bu ara Bertan'a dönesi varmış... Kesin ayrılmışlar mı, Renda'nın ona dönesi var mı, Bertan arıyor mu öğrenmem gerekiyordu. Öğrendim. Renda'ya da bir daha Bertan'a dönmemesi için gazı verdim... Artık bizimki harekete geçebilir...

Can

Renda ile sadece bir kez sevişebileceğimiz evim bile yok artık. Kız arkadaşım yanıma taşındı. Üstelik önceki gece evlenmeye karar verdik. Ama Renda bana yazıyor ben ona, kız aklımda kalacak bildiğin... Bekârlığa veda mı yapsam acaba onunla?

Bertan

Renda'nın aldığı kupaları yanlışlıkla da olsa her görüşümde Issız Adam'a bağlıyordum. Aramıyor da, o sürekli yazan kız artık hiç yazmıyor da, e ben de arayamayacağıma göre, bu iş galiba bitti... Ben bu kupaları çöpe atıyorum. Bizimkiler de peşimi bıraksın diye Renda'yı gösterdim. Biraz oyalansınlar işte, tam istedikleri gibi bir kız, çok içlerine sindi.

Sertan

Annemler Bertan'ı aile dostumuzun kızı ile tanıştırmak istiyorlar, Bertan sürekli kaçıyor... En sonunda "benim evlenmeyi düşündüğüm bir kız arkadaşım var zaten" diyip Renda'yı gösterdi bize. Ben de ekledim, bakalım doğru mu. Hiç sanmıyorum bizimkinin bu tontiş kızla sevgili olacağını ama neyse...

Yanmışım ben...

Pelin ile falcıya gittik... Kendi aşk hayatı benimkinden beter olan ama yine de kendi sonundan çok benim sonumu merak eden bir akbabam, pardon, arkadaşım var. Ben de bunun farkında değilmiş gibi davranmaktan bir hal oldum. Ne zorum var, görüşmem, olur biter değil mi? Bence de ama nedense görüşmeyi bir türlü kesemiyorum...

Bu gittiğimiz falcı, Bertan zamanında gittiğim, biraz acı konuşan, biraz karamsar yapan ama sonradan doğruları söylediği ortaya çıkan bir falcı. O yüzden duyacağım olumsuz şeylere en baştan hazırladım kendimi.

Evet, Selim'in hayatında başkası var ve belki ona âşık. Evet, benimle sadece flört ediyor. Evet, evlenmeyeceğiz. Peki...

Selim senden hoşlanıyor, desin yeter. Başka bir şey istemiyorum... Öncelikle Pelin fal baktırdı. Bu esnada ben de fal cafeye gelenleri tek tek inceledim ve ne kadar perişan göründüklerine inanamadım. Herkes terkedildiği gibi gelmiş sanırım. Saç-baş yağ içinde, ev topuzu yapılmış, makyaj yok, elde telefon, eski mesajları okuyorlar. 3-4 kız gelen de var, onlar da gelmeden duş almayı unutmuşlar. Herkes ama herkes çok mutsuz, öylesine fal baktırmaya gelen yok gibiydi...

Falcı sadece 15 dakika fal bakıyordu. Fal cafe olduğu için ancak böyle baş edebiliyorlar bu kadar kişiyle... Sonunda Pelin yanıma geldi ve fincanımı alıp inmeden ona nasıl geçtiğini, falcının bilip bilmediğini sordum... Pek beğenmemiş falı... Neyse, bakalım bana ne diyecekti...

Fincanıma o kadar uzun baktı ve dakikalarca sustu ki, "Kesin öleceğim!" dedim.

"Gördü, söyleyemiyor..." dedim. Sonra başladı...
"Eylülden itibaren işinde bir kıdem artışı var, altındaki insanlara emrediyorsun...

Bir de sektör değişikliği gibi bir şey var, alan değiştirebilirsin... Hayatında biri var. İsminde B, E, R harfleri var. Sen bu adamı bırakmışsın. Sana sahip çıkmıyormuş ve istediğin gibi bir ilişki yaşayamıyormuşsunuz çünkü. Arkadaşlarıyla plan yapıyormuş ve sen sevilmediğin için dahil olmadığını düşünüyormuşsun. Ama aslında bu seni seviyor, arkadaşlarının sevgilisi olmadığı için sevgilisiz planlar yapılıyor... Bu senin peşini bırakmayacak. Ne zaman seni kaybedeceğini anlasa o zaman peşine düşüyor zaten. Yine öyle olacak, bu bir-iki gün içinde arayacak sanırım. Sen de taktik geliştirmişsin, cool takılacaksın güya da, sen buna dayanamazsın, konuşup kandıracak seni... Bu adamla evlenme ihtimalin çok yüksek... Ama sana 2015'e kadar evlilik yok. Hayatın boyunca maddi zorlukla karşılaşmayacaksın. İşse iş, paraysa para, her şey yolunda olacak. Soracağın soru var mı?"

"Var, Selim. Selim için geldim aslında ben, n'olucaz biz onunla?"

"Valla bu senin elemandan uzak tutsun diye gördüğüne yapışıyorsun zaten, buna da o yüzden yapışmışsın, öyle çok sevdiğinden değil. Ama sen diğerindesin hâlâ, ben sana söyleyeyim."

Ağlamak üzereydim. Bu Bertan salağıyla sefalet dolu bir hayata merhaba demeyi hiç düşünmüyordum valla. Pelin'in yanına gittim, "Bertan'la evlenecekmişim ben, yürü gidiyoruz..." dedim. Bir anda yüzünde güller açtı. "Bertan ile evlenirsen o düğüne kesin gelirim, rock festivali gibi olur, bütün rockçılar şarkı söylerler, yaşasın!" dedi. Bu da hâlâ ekmek derdinde... Aklı sıra rockçı birini ayarlayacak kendine... Ben Selim ile evlenip servetine konamayacaksam, batsın bu dünya.

Selim birkaç gündür hiçbir şey yazmıyor bana. İçimden bir ses, "O yazdığında da sen iki-üç gün cevap verme, cezasını çeksin!" diyor ama bu kez de bizim yemek yalan olur. Eğer yemek yalan olursa ve onunla tamamen koparsak ben Bertan'a kalırım. Kapris yapma özgürlüğüm bile yok yani. O yüzden yazdığında en fazla birkaç saat geç cevap verebilirim.

Beni Bertan'a muhtaç etmeyenin kırk yıl kölesi olurum. Bilmem, belki de karısı olurum.

Bertan

Bu kız kesin birini buldu. Hiçbir yerde hiçbir şey yazmıyor, paylaşmıyor, düşünüyorum, benimleyken de hiçbir şey paylaşmazdı. Kesin birini buldu. Ulan hangi ara buldun be kadın? Neyse, bekleyelim bakalım, illa görürüz neler karıştırdığını...

Selim

Çarşamba görüşmemizin yalan olması için uğraşıyor sanırım kız arkadaşım, acaba o günkü planımı da mı öğrendi, tatili uzatalım diye tutturdu. Ankara'da ne tatili be kadın! Nasıl hayır diyeceğim? Buna hayır demezsem, Renda'ya ne diyeceğim?

Pelin

Renda Selim'le evlense düğünleri havalı olur ama Bertan'la evlense bana daha çok kısmet çıkar. Hem de daha şenlikli olur. Klasik düğünleri sevmem, bu kızın her zaman yanında olacaksam benim de eğlenmem gerekir değil mi? Ama aramızda kalsın da, bunun evleneceğini zaten sanmıyorum. Ben evlenirim, çocuk bile yaparım, bu hâlâ düzenli bir ilişki kuramamış olur, saftirik.

Dünya aşırı derecede küçük...

Selim'in çocukluk arkadaşı kimmiş bil? Bertan-Sertan kardeşler... Böyle abuk sabuk şeyler hep beni bulur. Şimdi işin yoksa çocukluk arkadaşlarını birbirine düşür. Gerçi Selim sadece Sertan'la görüşüyormuş. "Bertan zaten çocukluğundan beri tuhaf biriydi..." dedi. Sen o tuhaflığı bana sor be!

Selim ile en sonunda yemek yedik. Anladım ki birkaç buluşma daha yaşarsak ona âşık olacaktım. Bir insan anca bu kadar şirin olurdu! Adama boşuna bayılmıyormuşum, espriyse espri, muhabbetse muhabbet, ne ararsan var, öyle de kibar ki, Bertan ayısı ile geçen aylarıma gerçekten acıyordum...

Buluşmamız biraz tuhaf oldu, Selim, yangından mal kaçırır gibi Hakan Bey gelmeden beni görmek istediği için benim iki ayağım bir pabuca girdi. Üstelik iyi haber, bu ara Selim'i düşünmekten yemek yemeyi unuttuğum için iki kilo daha vermişim, inceliğimi gören annemin gözleri dolu dolu oluyor bana her bakışında... Yeni kıyafetlerimi giyince de zayıfladığım iyice belli oldu zaten. Çok şıktım çok!

Selim'le Kanyon'da buluştuk sözleştiğimiz gibi. O benim Facebook'taki fotoğraflarıma bakıp normalde spor giyindiğimi fark etmiş ve benim gibi giyinmeye karar vermiş ama yanlış zaman, ben de o gün stiletto giymiştim. O spor ayakkabılar, o mavi gömlek, o kot pantolonla, o gömleğin içine giydiği füme tişörtle onu ben yemiyim de kimler yesin, söyle bana...

Bende doğuştan gelen bir rahatlık olduğu için, hiçbir ilk buluşmam karşımdakine alışmak ve sessiz kalmakla geçmez. Sürekli anlatırım, sürekli konuşurum, sürekli güldürürüm... Bir de maalesef sürekli içerim...

İçki beni gerçek bir yavşak yapıyor, bunu biliyorum. Allah'tan ertesi gün neler konuştuğumuzu hatırlamıyorum, umarım o da hatırlamıyordur... Sadece akşam flört ettiğimizi hatırlıyorum... Her şey diyalog diyalog aklımda kalmış, kare kare...

Mesela mesajlaşmalarımızın birinde, "Beni çok yoran ve üzen bir ilişkiden yeni çıktım, ne olur beni üzme, daha fazla üzülmek istemiyorum hiç..." demiştim. Cevap vermemişti sanırım, doğru düzgün bir şey söyleseydi hatırlardım... Otururken onu sordu birden. Öyle ciddi sordu ki, öyle romantikti ki...

"Seni üzmemek için ne yapmamalıyım?"
"Efendim, nasıl yani? Ne açıdan?"
"Hani mesajda yazmıştın ya 'Beni üzme!' diye, ne yapmamalıyım üzülmemen için?"

"Bilmem, değer vermezsen üzülürüm."
"O kadar mı?"
Len acaba bir şey mi istesem? Biraz kolay kaçtım sanırım, dur bir adım öteye götüreyim...
"Yani aslında başka bir kadın beni üzüyor. Paylaşmayı sevmiyorum başka kadınla..."
"Anladım..."

Düşüncelere daldı... Bu dalışın sonunda beni mutlu edecek bir şey yoktu, galiba bu ilk ve son görüşmemizdi... Diğer kadın kazanmıştı sanırım. İçim ağrıdı. Yutkundum.

Ben ne zaman mutlu olabileceğim? Bana sıra gelecek mi? Diğer kadının bu adamla parası için birlikte olduğunu herkes bilmiyor mu? Belli olmuyor mu? Benimki öyle değil ama, ben bu adamın her bir şeyine bayılıyorum. Kocaman yeşil gözlerine, düzgün bembeyaz dişlerine, gülüşüne, kahkaha atarken kafasını önüne eğişine, saçlarına, kıyafetlerine, erkeksiliğine, sahip çıkışına, her bir özelliğine bayılıyorum...

Bertan'dan kaçmaya çalıştığım diğer zamanlardaki gibi yine Bertan'a doğru çekilmeye başladım. Bertan ayıydı ama sevgilisi yoktu. Hayatındaki tek kadın bendim, en azından resmi bir sevgilisi yoktu. Evlenmiyordu. Bana böyle iyi ve ilgili davranmıyordu ama içten içe seviyordu.

Kendimi kandırıyordum, Bertan'ın beni mutlu edecek hiçbir yanı yoktu... Selim karşımdayken ve ben onu deli gibi isterken, hem hiçbir zaman benim olmayacağını biliyordum hem de en fazla ne kadar benim olacaksa, ona razı olmaya kendimi ikna etmeye çalışıyordum...

Bir gece mi? Üç gece mi? Peki evlendiğinde ne yapacağım? Düğün günü mesela, 9 Eylül'de nerede olacağım? Beni Selim'den birinin kurtarmasını mı bekleyeceğim?

Sonunda çok büyük bir mutsuzluk olacağını bile bile Selim'e çekiliyordum. Ona koşmak, her şeye razı olmak istiyordum. Bir yandan da içimden, "Yol yakınken dön, kaç bu adamdan, deli misin?" diyordum... Mutsuz olsam da içten içe, bunu o gece ona hiç göstermedim. Çok eğlendik. Çok güldük. Çok güldü...

Hiç benim kadar komik ve eğlenceli bir kadınla tanışmamış. Zaten biz bunları güldürürüz, gelir o eski modeli, eskinin modeli, oyuncusu kadınlar elimizden alır... Onların eğitimi, görgüsü, zarafeti karşısında, biz gayet sıradan kalırız. O kadınlar yanımızda parlar, beğendiğimiz adamlar onları görür, biz adamların kankası oluruz. Biz komik, eğlenceli, çalışkan ve "çok sevilen" oluruz, diğer kadınlar "evlenilmesi ve çocuk yapılması gereken"...

Birinin beni burdan alıp götürmesine öyle çok ihtiyaç duyuyorum ki, ya da biri çıksa karşıma, çat diye âşık olsam, "Aslında hiçbirine karşı bir şey hissetmiyormuşum, yanlış anlamışım..." desem, gitsem, mutlu olsam... Artık mutlu olsam... Artık sıra bana da gelse...

Selim

Ben çok eşli bir adamım, kız arkadaşım da bunu bilir. Bunu beni tanıyan herkes bilir. Zaten evlenme teklifi etmeden hemen önce bu konuları konuştum. Beni sıkmaması gerektiğini, sıkarsa kaçacağımı, mutsuz olursam onu da mutsuz edeceğimi söyledim... Bu konularda anlaştık...

Arada küçük krizler yaşasa da, genellikle akşam yaptığım "iş toplantıları"na ses çıkarmamaya başladı. Şimdiden alıştı. Eğer çok zengin ve ünlü bir adamlaysan zaten onu paylaşmaya hazır olmalısın. Doğanın kanunu bu, üzgünüm. Ve Renda ile bir ilişki yaşayıp yaşamamak arasındayım. Eğer benim kurallarımla olursa onu çok mutlu ederim. Ve ne istediğini öğrenirsem...

Bertan

Bunları yemek yerken gördüm. Bu Selim evlenmiyor mu yahu? Ne işi var benimkiyle? Acaba iş görüşmesi mi? Niye şarap içiyorlardı o zaman? Renda niye adamın ağzının içine bakıyordu? N'oluyor lan!

"Güzel Renda'm"

Sabah bu mesajla uyandım... Üstelik, yazan Bertan. Gecenin 2'sinde attığı mesajdan ne çıkartmamı bekliyordu acaba? Cevap bile vermedim tabii ki...

Selim ile görüşmeye devam...

Hakan Bey geldikten sonra, ilginçtir, hemen görüşmediler, ilk birkaç gün ses seda yoktu adamdan... Hatta, sadece benimle mesajlaşmaya devam etti. İkinci yemeğimizi iple çekmeye başladım, sonunda Hakan Bey ile öğle yemeği için plan yaptılar da ben de plana dahil oldum...

Yemek gayet normal geçti ama Hakan Bey ofise dönerken ufaktan bir yokladı beni. Daha önce buluştuğumuzu anlamış, zaten biz de saklamamıştık. Kötü bir şey söylemesinden korkuyordum, kalbim hızlı hızlı atmaya, göğsüm sıkışmaya başladı, bekledim...

"Selim iyi adamdır Renda, belli ki çok hoşlanıyorsun. Ama üzülürsün, o, o kızla evlenecek çünkü. Bir ilişkiniz olursa nikâh günü ne yapacaksın? Nereye gideceksin?"

Hiçbir şey söyleyemiyordum, yola bakıyordum. Bunu zaten ben de düşündüm ama bir cevap bulamadım ki... Patronuma adamı nasıl anlatayım? Utanıyorum da... Devam etti...

"Ha yok öyle ciddi bir şey yok, iki yatıp kalkarız, geçer diyorsan, şehir dışındaki toplantılara ve eventlere seni göndereyim ben, orda ne istersen yap Selim ile. Ne istiyorsun Renda, ne hissediyorsun?"
"Bilmem, güzel böyle, şimdilik. Saat 4 gibi bir toplantınız var bu arada, hatırlatmamı söylemiştiniz."
"Tamam, teşekkürler"

Sonunda o bitmek bilmeyen yol bitti ve bilgisayarımın başına geçebildim... Sıcak basmıştı, çok utanmıştım. Aslında yüzleştirmişti beni yaptığım şeyle. Ama ne istediğimi ben bile bilmiyordum ki, ne yapmalıydım?

Selim'e de söyleyemezdim bunu, adam bana ne söyleyecekti ki? Teselli mi edecekti, "İki yatalım, duruma bakalım!" mı diyecekti? Kimseyle konuşmak ve kimseye anlatmak istemiyordum. Ama bütün arkadaşlarım sözleşmiş gibi arayıp sorup duruyordu. Herkese toplantıda olduğumu söylemekten gına geldi.

Günlerce Selim ile olmak istiyordum. Aylarca, yıllarca... Yanında hep kalsam, hiç bıkmam, hep konuşsak, hep sevişsek, hiç kimse olmasa, işe bile gitmese. Ona baksam, doya doya baksam, kimsenin sevmediği kadar sevsem, mutlu olsam...

Selim

Hakan'a hesap vermek çok sıkıcı, adamın da kaç senelik asistanı kız, ciddiyetsiz de olamazsın ki, ama daha yeni yani her şey, güzel kız, tatlı, konuşkan, eğlenceli... Âşık olmadım ki, ne diyebilirim?

"Neler oluyor abi?" dedi, "Henüz bir şey olduğu yok, konuşuyoruz öyle Hakancım" dedim.

Bu kızı üzersem ben de çok üzülürüm. Üzüleceğini göre göre yanımda ama. Acaba üzülmez mi? Keşke üzülmese. Keşke hep böyle olsa, üzülmesek, gülsek, sevişsek, gezsek. Hiç ciddi konuşmasak, abi ciddi konular darlıyor fena...

Bertan

Renda Hanım, anlaşılan o gece Selim efendide kaldı. Aferin Renda aferin, böylece benimle değilken kimlerle yatıp kalktığını görüyorum. Demek ki derdin ilişki de değilmiş, evlenmek üzere olan adamla takıldığına göre, sen zaten böyle bir kadınmışsın, senin zorluğun bir banaymış... Yazıklar olsun... Bunu senden hiç beklemezdim, hani sen kimseyle olamazdın, hani sadece benimleydin?

Hakan

Haftaya bir Bursa eventi var, göndericem benim kızı, bakalım, orda görsün, ne yaşarsa yaşasın, ne istediğini anlasın... Bu böyle gitmez, böyle bir flört nereye gidecek, belli olması lazım...

Bazen anlatmamak en iyisiydi...

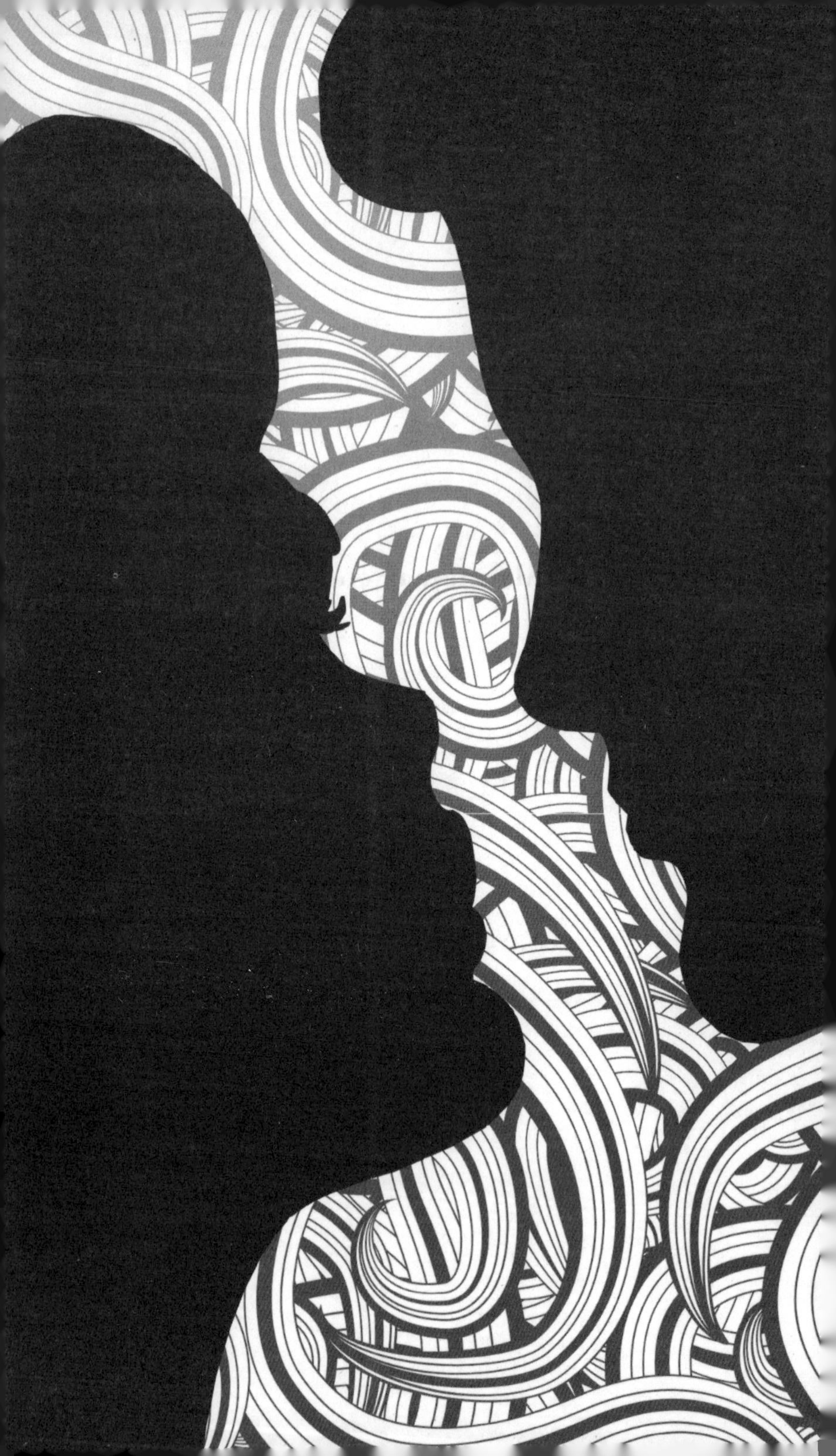

"Nişanlı adamla hiç olur mu Renda!"
"Sen böyle biri değildin nasıl böyle oldun Renda?"
"O Bertan yüzünden sen de manyaklaştın Renda!"
"Sonu yok bu işin, üzülen de kaybeden de sen olacaksın Renda!"
"Bari kendini çok kaptırma Renda!"
"O evlenince ne yapacaksın? O gün nerede olacaksın, sen delirdin mi? Biz seni nasıl toparlayacağız Renda!"

Offf...

Meraklı arkadaşlarımı aydınlattım ve karşılığında beni karanlığın içine gömdüler... Sonu kötü olacak, biliyordum. Sonunda ben üzüleceğim, biliyordum ama kendimi de tutamıyordum, kapıldım gidiyordum adama...

O da bana umut vermiyordu üstelik. Yarın öbür gün sitem edecek kimsem yoktu. Herkes engellemeye çalıştı ama ben kendimi hiç engellemeye çalışmadım. Bıraktım gitti. Kendimi bıraktım, sevdim.

Hakan Bey, o günden sonra bir daha aynı konuyu açmadı. Onun yerine beni şehir dışındaki eventlere göndermeye başladı, tek başıma, Selim'in olduğu her yere...

İlk gittiğimiz yer de Bursa'ydı. Düşünürken bile gözlerim doluyor, mutluluktan...

İki gece üç gün Bursa'daydık. Gece gündüz iş, eğitim, tanıtım, toplantı, gece 11'den itibaren kaçış serbest. İlk gün, arkadaşlarımın sözleri hep beynimdeydi, şimdiye kadar sevgilisi olan erkekten bile kaçan ben, her zaman, "İnsan başkasının olana nasıl göz koyar!" diyen ben, buna da mantıklı bir açıklama getirmiştim kendimce: "Tanımadığım kadına karşı da vefalı olacak değilim herhalde!"

Ama diğer yandan da, bunu kime söylersem, içten içe, benimle sevgilisini tanıştırmak istemeyeceğini hissedebiliyordum. Ya da öyle zannediyordum. Bu arada, heyecandan mı üzüntüden mi anlamadım ama ben eridim gittim. 36 beden elbiseler bile bol gelmeye başladı. Hem de bunu hiç aç kalmadan başardım. Bu aşk, mucizevi bir şey... Bu aşk beni çok güzelleştirdi. Güzelleştirdikçe hırslandırdı ve bencilleştirdi. Kendimden başkasını düşünmez oldum. Artık mutlu olma sırası bende, dedim. "Sen bu adama tamamen sahip olacaksan, en azından, o zamana kadar bu adam benim olacak!" dedim. İçimden, o kadına...

Bursa'daki ilk gün biraz gergin geçti. Kaçıp durdum. Çünkü biliyordum, sevişirsek âşık olacaktım asıl. Ya da sevişirsek bitecekti. İkisine de hiç hazır değildim. Ne kadar cesur olsam da, iki sondan da korkuyordum. Biraz daha böylece yanımda kalsın istiyordum. Biraz daha arkadaş gibi kalalım, birbirimizi isteyelim, istedikçe ıstırap çekelim... Şimdiye kadar böyle bir zevki tatmamıştım, kendim keşfettim, peşini bırakmadım.

İkinci sabah uyandığımda, artık ne olursa olsun dedim. O gün onunla olacaktım. Yatakta biraz döndüm durdum, saat 10 olmuştu. Hemen duş aldım, hazırlandım, kahvaltıya indim. O da biraz rahatlamış, o da bir karar vermiş gibiydi. Ya da benim kararımı anlamıştı, ne bileyim...

Akşama kadar yanımızdakiler yüzünden bir türlü yalnız kalamadık. Üstelik bizi özellikle yalnız bırakmıyorlarmış gibi geliyordu. Sanki herkes aramızdakileri anlamıştı, onaylamıyordu ve izin vermemeye çalışıyordu.

İkinci kadındım. İkinci, gurursuz, sevenleri ayıran kadın...

Diğer kadınlara göre bir tehdittim.

Diğer erkeklere göre kolay lokmaydım.

Ve tüm bunlara değer miydi, hiç bilmiyordum...

Geceyi düşünerek içkiyi biraz fazla kaçırdım. İçkiyi kaçırınca da her zamanki gibi, ağzıma geleni, düşünmeden, tartmadan söylemeye başladım. Ve umarım sesimin tonunu ayarlayabilmişimdir, yine yanımızda bir sürü insan vardı çünkü.

Ve ben sanki bir espri yapacakmışım gibi Selim'in kulağına uzandım. Yüzüm yandan yüzüne dokundu...

"Artık sevişelim mi? Daha ne kadar bekleyeceğiz?

Geri çekildiğimde, Selim bana bakmıyordu, karşısında konuşan bilmemne genel müdürüne cevap veriyordu. Duymadı galiba. Ya da duymazlıktan geldi? Yerin dibine girdim. Eskiden bizim ajansta çalışan gözlüklü ve saf çocuğun yanına gittim. Beş dakika durup ortadan kayboldum, odama çıkmak için asansöre doğru yürümeye başladım, Selim ordaydı, tek başına...

"Nerde kaldın?"
"Ne demek nerde kaldın? Bir şey söylemedin ki!"
"Ne diyecektim, 'Bir saniye Mehmet bey, haydi Renda odaya çıkalım' mı?"
"Yahu yüzüme bile bakmadın, ben de duymadın, ilgilenmedin ya da duymazlıktan geldin sandım."
"Duydum, o andan itibaren de nasıl kaçacağımı düşündüm."

Bu arada çoktan asansör gelmişti, binip odamızın kapısına çıkmıştım.

Aklıma birden gazetede çıkan "otelde yakalanma haberleri" geldi. Bu Selim de ünlü adam, evlenmek üzere olduğunu da herkes biliyor o eski modelle, ya gazetede benim odama girerken boy boy fotoğraflarımız çıkarsa? Odamın kapısını açmaya pek yanaşmadım. Selim de anlamsız anlamsız yüzüme bakıyordu.

"Yok, benim odama giremeyiz. Gazetede çıkarsak ne yapacağız? Geçen gün çıktılar ya gazetede, otelin güvenlik müdürü görüntüleri jpeg jpeg yapmış satmış gazetecilere, evli adam da rezil oldu birlikte olduğu kadın da..."

"Yahu o Japon gazetesi Renda, ne diyorsun sen, gel tamam..." Japon mapon, yapılan bir insanlık ayıbıydı bir kere...

Selim beni kolumdan tutup odasına doğru sürüklerken ben eğer gazetede çıkarsam neler yapabilirim, diye düşünüyordum. Hakan Bey beni yurtdışına gönderir, Almanya'daki ofise herhalde. Yok yahu, Almanya'da çok Türk var, yine tanınırım, Almancılar paralar beni. En iyisi, tazminatımı alır Uganda'ya giderim ben. Selim'le de ayrılmak zorunda kalırız. İçim ağrıdı. Selimle ayrılmak mı? Ne olur olmasın öyle bir şey...

Selim'in odasına girdim, kapının arkasındaki duvarlara yasladı beni hemen. İlk kez öpüştük. Şu an düşününce ne hissettiğimi hatırlamıyorum bile ama dünya durmuş olmalı. Sonra seviştik. Her şey kare kare aklımda. Net olarak hatırladığım tek şey, göğsünde uyandığım gecenin köründe aklıma gelen, "Şimdi ne halt yiyeceğim?" sorusuydu...

Kötü sevişme ihtimali vardı. Tek güvendiğim o ihtimaldi. Belki o zaman soğurdum. Belki o kadar da mükemmel değildi. Çok işime gelirdi... Ama öpüşürken bile insan arzudan titrer mi? Titriyormuş demek ki...

Peki bu adamın kusuru ne? Galiba tek kusuru çok eşli olması... Çünkü sabah kız aradığında telefonu açtı, hiçbir şey olmamış gibi konuştu. Canım'lı canım'lı hem de. Bu kadar duygusuzluğu kaldıramıyorum. Bu kadarı beni umutsuzluğa sürüklüyor. Arkamı döndüm. Uyanmış gibi değil de, sesten rahatsız olmuş gibi...

Yataktan çıktı, koltukların olduğu yerde konuşmasına devam etti. Akşam görüşecekler. Birileriyle birlikte yemek yiyeceklermiş. Akşam mesajlaşmak yok yani. Bu akşam benim olmayacak yani...

İnsan içine içine ağlar mı? Ağlıyormuş demek ki, içime akan her neyse, beni yakıyordu.

Tekrar gözümü açtığımda bana sarılmış, omzumu öpüyordu, eee, biraz öncekiler rüya mıydı?

Selim

Hakan'ın yapmaya çalıştığı şey iyi mi kötü mü bilmiyorum. Renda ile aramızdakiler nereye gider, bilmiyorum. Her şey çok güzel. Sonra ben gerçek dünyaya dönünce o da dönüyor ama. Sonra birkaç dakikalık sessizlikler yaşıyoruz, sonra gerçek dünya yokmuş gibi, kendi dünyamıza yine dönüyoruz.

Bu bir oyunsa çok güzel. Onun yaşına inmek çok güzel. Sonunu düşünmemek çok güzel. Ama sonunda onun üzülmesi fikri, beni gerçekten çok üzüyor. İki kadından biri üzülecek benim yüzümden, bunu düşününce bile çekip gidesim geliyor.

Renda ile yattığımız yataktan çıkıp İstanbul'a, gerçek hayatıma dönmek ve kız arkadaşıma hiçbir şey hissettirmemeye çalışmak, beni ciddi anlamda yormaya başladı. Kız arkadaşımla ayrılsak, sadece ben değil, o da çok zor durumda kalır. Bunu kimseye açıklayamaz, dahası yıkılır... Düğün bu kadar yakınken, bir kadına bu kötülük yapılmaz, bunu ödeyemem...

Renda ile aramızdakileri bitirsem, o da olmaz, onunla çok mutluyum, yanında nefes alıyorum, eğleniyorum, ayrılmak istemiyorum... Keşke bir mucize olsa ve her şey yoluna girse. Çünkü diğer türlü, ne yapacağımı düşünmekten çıldıracağım!

Acı çekmede bir dünya markası olacağım
gün gibi ortadaydı...

Selim'e birkaç gündür cevap vermiyordum. Arkadaşlarıma da, hatta kendime de...

Ailemle bile konuşmak istemiyordum. Kendimi çok yorgun, çok yalnız ve çok mutsuz hissediyordum... Düşünmek bile istemiyordum. Sadece kafamın dağılmasını, eve gidince de bir an önce uyumayı istiyordum...

Kötü geçen günüm, cevap vermesem bile Selim'in attığı her mesajdan sonra güzelleşiyordu. İçim açılıyordu... Biraz olsun değer verdiğini hissetmek öyle güzeldi ki... Bazen dayanamıyordum, "Aman be, sanki ilk kez ben yapıyorum bunu, aşk yani, ne yapabilirim, ne yapabilirler bana!" diyordum ama cesaretim sadece bu cümle bitene kadar sürüyordu.

Peşin peşin acımı çekip sonrasına bir şey bırakmamayı, hatta düğün zamanına kadar bir flört edinmeyi bile düşünüyordum. Bir ay vardı daha, neden olmasındı?

Geçen hafta Ankara'daydık. Selim gelecek mi bilmiyordum. Soramıyordum da. Dört gece hem de. Dört gece orada olacaktım. Hakan Beye hiç soramıyordum. Çünkü planım onu görmezden gelmekti ama orda olmasını istiyordum bir yandan da. Orada tek başıma o kadar vakit geçirmek istemiyordum. Yeni insanları tanımak, sabah akşam ondan o kadar uzakta olmak istemiyordum.

Otele giriş yaptıktan sonra orda olmadığını, gelmediğini anladım. Ortak bir tanıdığımız vardı, öyle laf arasında, "Bu kez ekürin yok, üzülme ama birlikte takılırız, o şimdi düğün yaklaştığı için bir yere ayrılamaz." dedi. Hislerimi tarif edecek kelime bulamıyordum.

Bu kerizle günlerimin geçmesine mi yansaydım? Hakan Beyin beni buraya tek başıma göndermesine mi kızsaydım? Selim'in evlenecek olmasına mı günlerce ağlasaydım? Yoksa kendi halime mi?

Yüzümün ne kadar asık olduğunu tahmin edebiliyordum, soranlara da migrenimin tuttuğunu söylüyordum. Benim migrenim yok ki!

İlk gün, bütün toplantılar, görüşmeler, yemekler bitti. Diğerleri biraz daha iş sohbeti yaparken ben izin isteyip odama geçtim. Duş aldım, bornozumla biraz uzandım, kalkıp giyindim, saçlarımı kurutmaya başladım ve odanın telefonu çaldı. Telefonlara bakmaktan hiç hoşlanmam. Çünkü işteyken zaten o telefonlara Hakan Bey ve kendim için baktığımdan, cep telefonuyla bile konuşmayı sevmiyorum. Birkaç kez çalıp pes eder diye bekledim. Ama etmedi. Şimdi telefonu açmazsam da kapıma gelip söyleyecekler ne söyleyeceklerse, dedim, açtım sonunda.

"Renda?"
"Selim? Nerden çıktın sen?"
"Ankara'ya geldim, başka oteldeyim, seni çok özledim, görmem lazım seni."
"İyi de çıkamam, yarın sabah erken kalkacağım, uyumam lazım."
"Gelmezsen ben gelirim, sana çok yakın bir oteldeyim, gel, sabah buradan gidersin."
"Nerdesin, söyle oda numarasını…"

Saçlarımı kuruttum, üzerimi giyindim ve çıktım. Giderken beni kimse görmedi…

Selim'in odasına çıkarken heyecandan kalbim yerinden fırlayacaktı. Bir yandan aptallığıma yanıyor, bir yandan da onunla olmak için ölüyordum. Kapıyı tıklattım, kapıyı açtı, bana öyle bir sarıldı ki, hislerimin hiçbiri karşılıksız değildi, onu anladım. Uzun uzun sarıldık kapı açıkken. Kafası boynuma gömülmüştü, beni kendine çekmişti, parmaklarımın ucunda duruyordum. Sonra ayrılıp kapıyı kapamak aklımıza geldi…

Elimden tutup ikili koltuğa götürdü beni. Oturdu, beni de çekti, kafamı göğsüne koydu, saçlarımı öptü, kokladı.

"Neden bana cevap vermiyorsun, neden konuşamıyoruz artık?"
"Çünkü artık uzaklaşmam gerekiyor."
"Yeni mi aklına geldi, artık çok geç."
"Biliyorum..."

Yutkundum. İçimdeki acının tarifi yoktu. Yok, ben böyle duygu yaşamadım. Lanet olsun, Bertan ile devam etseydim, saçma salak şeylere üzülecek, dandik dundik aşk acısı çekecektim. Ama hiçbir şey böyle imkânsız olmayacaktı, böyle bir acıyı bilmeyecektim...

Bir süre öylece kaldık. Oda çok sessizdi. Başım onun göğsündeydi. Bir eli bana sarılıp saçımı okşarken, diğer eli elimdeydi. Sonra kalıp yatağa gittik. Soyunup uyuduk. Gece uyanıp yanımda olduğunu görünce önce rüya sandım, sonra dokundum, öptüm, sabaha kadar seviştik. Çok mutluydum. Onunla hep çok mutluydum...

Duş aldım ve toplantıya gittim... Ben buradayım diye dört günlüğüne kendine tatil uydurmuş, yanıma gelmişti. Bu, kesinlikle Hakan Beyin işiydi...

Akşama kadar saatler geçmek bilmedi. Arada mesajlaştık, telefonda konuştuk, güzel bir restoranda akşam yemeği için rezervasyon yaptırmıştı, zaten o akşam da pek önemli bir iş yoktu, üzerimi değiştirip yanına gittim.

Yemek boyunca sadece komik ve eğlenceli şeylerden konuştuk. İçtikçe güldük. Güldükçe daha çok içtik. Etraftakiler, karşımdaki adamın kim olduğunu bilmiyordu. Ankara'da olay olmuştu yeni şubelerinin açılışı, karşımdakinin kim olduğunu bir bilseler, ne kadar yakışıklı olduğunu, nasıl güzel dokunduğunu, nasıl acayip baktığını bir fark etseler onu bana bırakmazlardı. Orada her şeyi sıfırlamıştık. Kimse bizi tanımıyordu ve biz sevgiliydik onlara göre. Biz çok âşıktık ve hiç derdimiz yoktu.

Odaya çıktık, ben yüzümü yıkamaya girip çıktığımda yatağın üzerinde uyuyakalmıştı. Öyle rahat, öyle mutlu görünüyordu ki, kıyafetlerimle yanına uzandım. Elini tuttum ve uyudum...

Ankara, bize çok iyi gelmişti. Evlenecek bile olsa, benim olacağını düşünüyordum. Üzülecektim, aslında önümüzü göremiyordum ama aşktı bu, en azından, hemen bitmezdi...

Son gün, İstanbul uçağına binmedim. Arabasıyla gelmişti Selim, onunla dönecektim. Sevdiğim insanlarla uzun yolculuklar yapmaya bayılırım, birlikte yola çıktık. Hem çok mutluydum hem de içimde İstanbul'a gidince ayrılacak olmamızın verdiği hüzün vardı. Telefonunun ekranının ışığı sürekli yanıp sönüyordu ama umurunda değildi. Telefonuna bakmaması hem çok hoşuma gidiyordu hem de bana kendimi suçlu gibi hissettiriyordu. Aslında bana ne, kimseyi zorlamadım, herkes kendi kararlarını verebilecek kadar olgundu ama ben yine de her şeyden sorumlu tutulacakmışım, hırpalanacakmışım, bunun cezasını fena ödeyecekmişim gibi hissediyordum...

Amaaan, ne olursa olsun diyordum bir yandan da. Sanki tertemiz ilişkiler yaşadığımda çok mu mutlu oldum? Bertan'layken neyin cezasını ödedim? Hiçbir hatam olmamasına rağmen neden şimdiye kadar mutlu olamadım?

Belki de doğru olan, mutluluğu bulmaktı, önüne gelende mutluluğu aramak değil, ondan mutluluk dilenmek de değil, mutlu olacağını bildiğin insanı alıp yanında tutmaktı...

İstanbul'a geldiğimizde, evime giden her yolun kapalı olması için dua ettim, trafiği ilk kez bu kadar seviyordum. Ama sonunda eve vardığımda, yine mutlu mutlu onu öptüm, arabadan indim, apartmana gidene kadar resmen çökmüştüm. Kendimi terk edilmiş gibi hissediyordum. Saatlerce ağlamak istiyordum. Saatlerce uyumak...

Bu aşk değildi, bu aklını kaçırmaktı sanırım. Onun bana kendini bu kadar kaptırdığını sanmıyordum. Yine, bir ilişkinin de aptalı ben olmuştum...

Selim

Düğüne artık bir aydan az kaldı. Zaten baba olmak için evleniyorum. Bunu evleneceğim kadın da biliyor. Hiçbir zaman tek eşli olamadığımı da biliyor. Ama onu bile bile bu kadar üzdüğüm için kendimi hiç affedemiyorum...

Ankara'da gittiğimiz restoran, meğer nişanlımın aile dostlarının restoranıymış ve o gecenin haberi, hem de fotoğraflı olarak ona gelmiş. O bir şey söylemedi, çok asil ve zariftir, ama erkek kardeşi aile yemeğinde yanıma gelip, "Herkese rezil olmamak için, seni de ablamı da düşünerek bu saçmalığı bir seferliğine görmezden geliyorum. Ama bundan sonraki icraatların benim cep telefonumda değil, gazetelerde olur." dedi.

Beni tehdit etmesine kızamadım bile. Ne diyebilirdim, ablasıyla çok yakında evleniyorum, hâlâ başka kadınların peşinden başka şehirlere gidiyorum. Biri bunu benim kız kardeşime yapsaydı onu ne yapardım, düşünmek bile istemiyorum...

Biraz uzak durmalıyım sanırım. Biraz sakinleşmeli, düşünmeliyim...

Veda mıydı değil miydi?

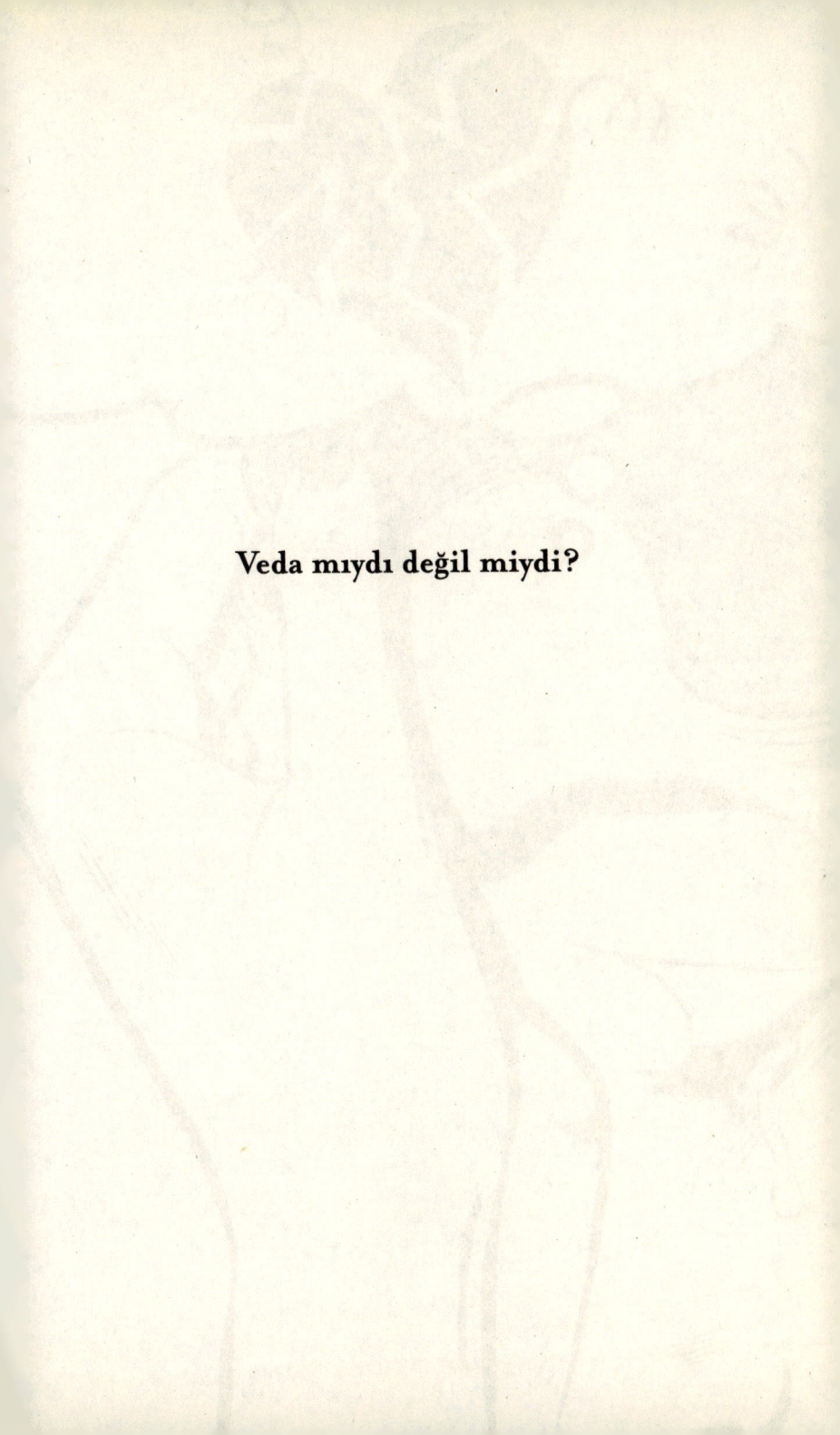

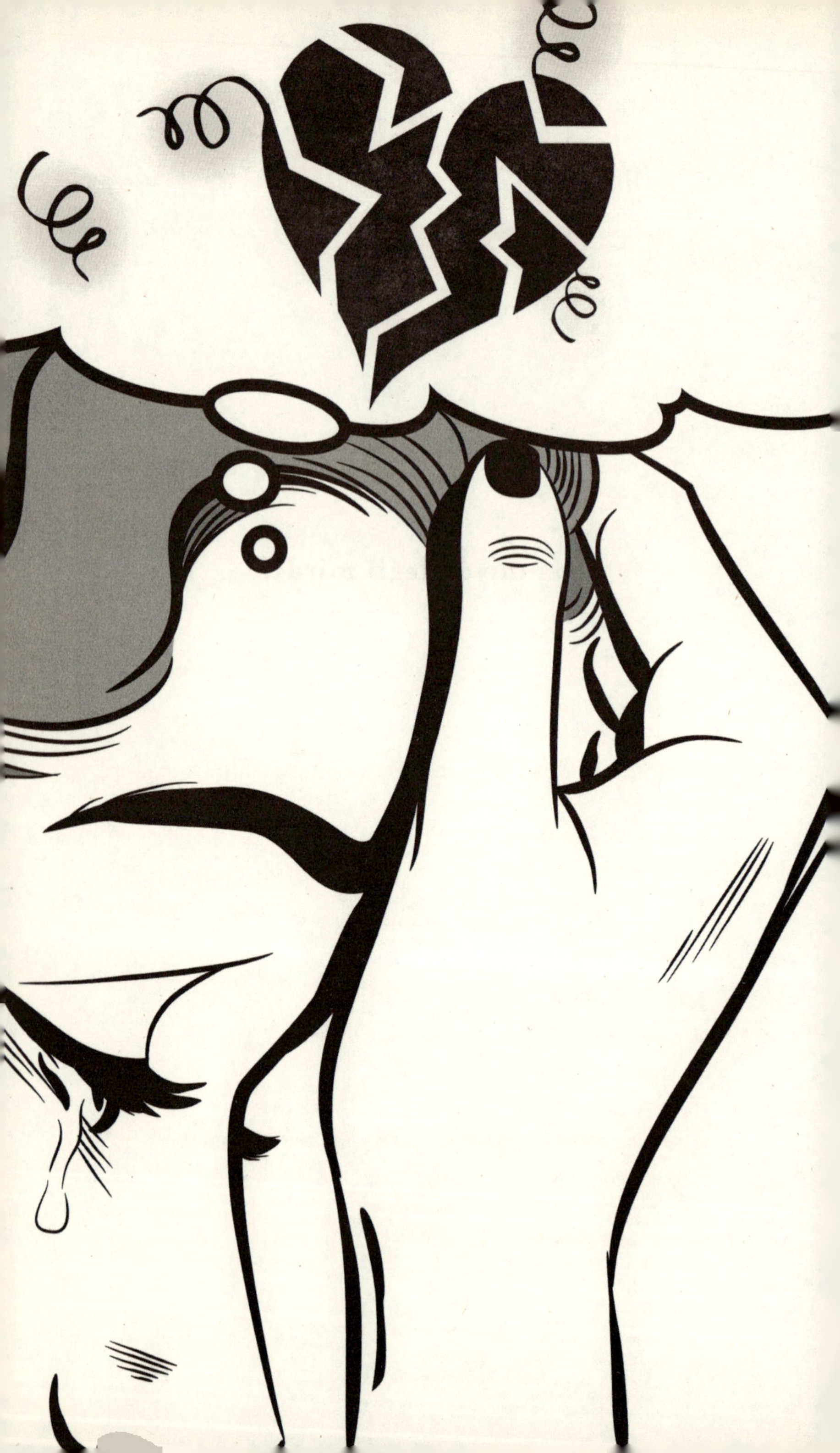

Ankara'dan geldiğimizden beri aramıyor...

Sanırım eve döndüğümde gerçekten terk edilmiştim, onu hissetmişim. Galiba Ankara'ya gelerek emin olmak istedi. Son kararını da böyle verdi... Onu düşünmekten bıktım... Bertan'ı aradım. Belki o biraz kafamı dağıtırdı...

"Renda?"
"N'aber?"

Sesimi olabildiğince neşeli çıkartmaya çalıştım ki mutsuz mutsuz onu aradığımı anlamasın...

"İyiyim, asıl seni sormalı, uzun zamandır konuşamadık, nerelerdesin?"
"Hep şehir dışındaydım, aklımdaydın uzun zamandır da, İstanbul'da kalamadım ki doğru düzgün, ilkbahar-yaz ayla-

rında bizim işler hep böyle oluyor işte... Ee, akşam ne yapıyorsun, nerdesin? Görüşelim mi?"

"Akşama işim yok, gelsene bana..."

"Tamam, akşam görüşürüz."

Tuhaf oldum, daha bir-iki ay öncesine kadar hayatımın her anını kaplayan adamla akşam görüşeceğim için hiç heyecanlı değildim. Hatta hiç istekli de değildim... Hakan Bey, zaten yaz olduğu için çok fazla ofiste takılmıyordu. Çok fazla iş de vermiyordu bana. Ama sanırım Selim'le görüşüyordu, her şeyi biliyor gibiydi ya da bu sadece benim paranoyamdı...

Akşam olduğunda, Bertan'a her gidişimde olduğu gibi ince çorap, topuklu ayakkabılı bir kombin yoktu üzerimde, açıkçası çok da umurumda değildi, spor ayakkabılarım, kot pantolonum ve puantiyeli çorabımla gidecektim, beğenmezse beğenmesin...

Kapısının zilini çalarken eski benin nasıl bir insan olduğunu düşündüm, şu an resmen bir öğrenci evinin kapısındaydım. Kapısında eskiden yapıştırılmış stickerlar vardı. Selim'in evinde bekçi, bununkinde sticker var, aralarındaki fark burdan başlıyor...

Bertan kapıyı açtığında göz göze geldik, eskiden olduğu gibi, çocuk gibi mutluydu geldiğim için. Sarıldık. Hâlâ hiçbir şey hissetmiyordum.

"Gel hadi içeri, ne içersin?"

"Bira. Dur ben alırım."

Eskiden, adım adım bildiğim evde gezinirken, her bir adımda eski halimi hatırladım... Bira aldım, gri köşe koltuğunun köşesine oturdum.

"Ne kadar zayıflamışsın Renda, yarın gitmiş, kaç kilo verdin sen böyle, ne yaptın, hiçbir şey mi yemiyorsun?"
"12 kilo vermişim, geçen gün merak edip tartıldım, öyle öğrendim ben de. Ne rejim yaptım ne başka şey, aslında yiyorum da, iş için koşturmaktan, stresten verdim galiba, hasta falan değilim çünkü..."
"Daha fazla verme, inanılmaz güzel olmuşsun, vücudun ne kadar düzgünmüş meğer, şimdi seni gören herkes asılıyordur sana, o yüzden biraz kilo mu alsan ne?"

Bertan arada bir böyle kıskanırdı. Hoşuma giderdi. Şimdi gözüme sadece bencil bir pislikmiş gibi göründü. Ben bu adamı galiba artık sadece arkadaşım olarak seviyorum...

Futbol yorumları açıktı yine, zaten Bertan'ın evi, her zaman bir futbol yorum stüdyosu gibidir. Sürekli maç açık. Ya da Şansal ya da diğerleri, adları her neyse... Ve Bertan, beni güldürmek için arada Şansal taklidi yapar. Çünkü o kadar maç kafa ki, başka kimseyi izlemez, incelemez, takip etmez ve haliyle, taklit de edemez.

Gece olduğunda TV karşısında uyuklamaya başladı. Ayakkabılarımı çıkarttı, ayağımdaki puantiyeli çoraplarla biraz alay etti.

"Bir daha bu eve bu ikisi ve benzerleriyle gelirsen aramız bozulur, biliyorsun, değil mi?"

Biliyordum ve umrumda değildi, cevap vermedim, sadece zoraki gülümsedim. O gece sevişeceğimizi bildiğim için içebildiğim kadar içtim.

Belki Selim arar diye telefonumu hiç yanımdan ayırmadım. Sesini bile kısmadım. Arasaydı, "Gel" deseydi, gecenin bir yarısı uçar giderdim yanına... Ama biz seviştik, uyuduk, uyandık bile, o hiç aramadı...

Diğer kadının seçildiğini bir kez daha anladım. Diğer kadın Selim'e layıktı bense Bertan'a. Bu hayata layıktım ben. Bu saçmalığa uygundum. Daha fazlasını üç-beş günden fazla yaşayamazdım...

Bertan'ın sırtını kaşırken yine uyuyakalmışım. O, ben sırtını kaşırken uyumayı severdi, çocuk gibi, ben de her seferinde onunla aynı anda uyuyakalırdım...

Tekrar uyandığımda saat 11'di. Bertan mutfaktan bağırıyordu...

"Rendaaaaaa, hadi uyan kahvaltı hazııır!"
"Tamaam!"

Yataktan kalkmak istemiyordum. Yatakta tembellik etmek varken kalkıp kahvaltı yapmak nedir, hemen kalkılmaz ki, yarım saat dönersin, yuvarlanırsın, telefonunla oynarsın...

"Rendaaaa, kime diyorum ben, hadi hemen in, hadiii!"

Bertan'ın her zaman uyurken giymem için bana verdiği turuncu renkli tişörtüyle yataktan kalktım, yüzümü yıkayıp ağzımı çalkaladım ve mutfağa gittim. Sabahları çok suratsız olduğum için her zamanki gibi beni biraz güldürmeye çalıştı. Bu kez çocuk gibi olan bendim. İlişkimizdeki en güzel şey hep buydu...

Her zamanki gibi menemen yapmıştı. Masadaki her zamanki yerime oturdum, spor haberlerini izleyerek onunla kahvaltı yaptım. Sonra yine her zamanki gibi, "Haydi kahve içelim!" dedi. Türk kahvesiyse ben, filtre kahveyse o yapacaktı, kahve yapma işini de ona yıktım ve köşe koltuğa kendimi atıp manzarayı izledim.

Güneş tepemizdeydi. Ev sakindi. Planımız yoktu ve yanımda hiçbir şey hissetmediğim güzel bir adam vardı. Belki de mutluluk buydu...

"Bertan, 8 Eylül'de izne çıkıyorum ben, 9'unda tatile çıkalım mı?"
"Olabilir, nereye gidelim?"
"Ben ayarladım bile, bizim yazlık boş, Ağva'ya gideriz, hem sakin olur hem çok huzurlu olur sonbaharda..."
"Tamamdır, Eylül sonuna kadar konser yok zaten, gideriz..."

Bertan ilk defa dediğim şeyi kabul etmişti. Ve ben hiç sevinmemiştim. Yanımda biri olunca o gün belki de daha kolay geçerdi...

Bertan

Selim'in düğün günü tatile çıkmak da neyin nesi anlamıyorum, Demet Akalın şarkılarından fırlamış gibi bu kız. Sevmesem, benim olduğunu bilmesem adamı kıskanacağım ama yine gezdi dolaştı bana döndü zaten.

Neyse, belki de tesadüftür. Selim'le ne işi olur zaten...

Sevdiklerimle
yaptığım uzun yolculukları severim...

Dün izin aldım. Gidiyoruz...

Bir süredir yine sadece Bertan ile görüşüyorum. Günlerdir görmedim Selim'i. Ne yapıyor, nasıldır bilmiyorum ama tahmin edebiliyorum. Çok mutludur. Çok heyecanlıdır, eli ayağına dolaşmıştır...

İlk zamanlardaki gibi de acı çekmiyorum hem, sadece biraz tatsızım. Spora başladım yine. Spor yapınca her şeyi unutuyorum. Çok zayıfladım. Ve kendimi çok güzel hissediyorum...

Bertan ile yapılacak tatil öncesi bütün işlerimi tamamladım. Tam 15 gün ortalıkta olmayacaktım. Orada da gazete-dergi okumayı ve TV izlemeyi düşünmüyordum. Zaten TV'de sadece spor programları izliyor olacaktık, Bertan sağ olsun...

Eşyalarımı hazırlayıp Bertan'ın beni arabayla almasını bekledim. Facebook'u fotoğraf falan görmemek için dondurdum. Artık tatile hazırdım.

Kitaplarım, parmak arası terliğim, rengârenk bikinilerim, güneş yağlarım... Sonbahar, benim mevsimimdi. Gidip akşama kadar güneşlenmek istiyordum. Uzun Pazar kahvaltıları, yemyeşil doğada yapılan yürüyüşler, bahçedeki hamakta uyuklamak, heyecanlanır gibi oldum...

Bertan, geldiğini haber vermek için aradığında, artık yeni bir hayata başladığımı biliyordum. Selim bize iyi gelmişti. Ben artık Bertan'a çok âşık değildim ve bu yüzden de her şey yoluna girmişti... Bertan normal insanlar gibi davranmaya başlamıştı...

Telefonumu kapatıp evde bıraktım, apartmandan indim, Bertan valizimi bagajına yerleştirdi ve ön koltuğa geçtim. Sevdiklerimle yaptığım uzun yolculukları sevdiğimi hatırladım, gözlerim doldu, neyse ki güneş gözlüğüm gözümdeydi...

"Hazır mıyız Renda güzeli?"

Zoraki gülümsedim

Gaza bastı...

Selim

Senem'e mektup yazdım... Renda'yı alıp en azından bir süreliğine kaçacağım burdan... Dün izin almış, evdedir şimdi, Hakan'dan öğrendim. Daha fazla böyle yaşayamam, ne olacaksa olsun artık...

Senem,

Haftalardır gidip gidip geliyorum. Haftalardır resmen ıstırap çekiyorum. Son dönemde hayatımda biri vardı, bundan senin de haberin vardı... Haberin olduğunu öğrendiğim günden beri onu ne aradım ne sordum, ikinizi de daha fazla üzemezdim, o ilişkiyi bitirdim...

Şimdiyse boğuluyorum. Resmen nefes alamıyorum. Kimse kırılmasın, onca kişiye açıklama yapmak zorunda kalma, zor durumda kalma diye onunla görüşmedim. Ben ondan gerçekten çok etkilenmiştim, onunla olmak her şeyden çok güzeldi. Onu üzeceğim için her an ödüm kopuyordu ama yine de uzak duramıyordum. Bir yanda da sen vardın çünkü. Seninle evlenmeyi de gerçekten istemiştim, sana o yüzüğü alırken de, "Benimle evlenir misin?" diye sorarken de çok içtendim, başka kimseyle bunu düşünmemiştim...

Ama şu an, bu koca odada, birazdan gireceğimiz koca salonda, tanıdığımız herkesin önünde daha fazla rol yapamayacağım. Bu çok büyük hayvanlık evet, ama yapamayacağım.

Ben seninle evlenemem, bu üçümüze de haksızlık olur.

Lütfen beni affet...
S.Y.

Dizüstü Edebiyat serisinin kitapları;

Küçük Aptalın Büyük Dünyası, *PuCCa*
Piç Güveysinden Hallice, *samihazinses*
Bizim de Renkli Televizyonumuz Vardı, *Onur Gökşen*
Sorun Bende Değil Sende, *Pink Freud*
Bayılmışım... Kendime Geldiğimde 40 Yaşındaydım, *Şebnem Aybar*
1 Kadın 2 Salak, *Fatih Aker & Livio Jr. Angelisanti*
Erkek Dedikodusu, *French Oje & T.B.*
Bir Apaçi Masalı, *Angutyus*
Pucca Günlük Ve Geri Kalan Her Şey, *PuCCa*
2011'in Bobiler Tarihi, *bobiler.örg*
Bir Alex Değilim, *İstiklal Akarsu*
Sorun Bendeymiş, *Pink Freud*
Yedi Kere Sekiz, *Onur Gökşen*
Erkek Dedikodusu 2, *French Oje & T.B.*
Dünyada Aşk Var mı?, *Marslı Kovboy*
Bir Apaçi Masalı 2 - Kebabman, *Angutyus*
Allah Beni Böyle Yaratmış, *PuCCa*
Olsa Dükkân Senin, *İstiklal Akarsu*
Beni Hep Sev, *Pink Freud*
Allah Belanı Versin Brokoli, *Onur Gökşen*
Keşke Ben Uyurken Gitseydin..., *French Oje*

okuyanus.com.tr

/okuyanusyayinevi
/dizustuedebiyat
/ucgunlukdunyaedebiyati
/floradizisi

@okuyanus
@dizustuedebiyat
@ucgunlukdunyaed

/okuyanusyayinevi

@okuyanus